www.tredition.de

AF204957

Enno de Vries

Die 7. These

Ein Theaterkrimi aus dem Nordwesten

www.tredition.de

© 2016 Jens Aden

Verlag: tredition GmbH, Hamburg

ISBN
Paperback: 978-3-7345-8660-6
Hardcover: 978-3-7345-8661-3
e-Book: 978-3-7345-8662-0

Printed in Germany

Aus Liebe zur Wahrheit und in dem Bestreben, diese zu ergründen ...
(Vorwort Luthers zu den 95 Thesen)

Jetzt wissen Sie: ich spiele nun und nie. –
(Börries Frh. von Münchhausen)

1

Sonntag, 29. Oktober 2011

Herta Schweismüller aus Siegen stapft durch den Sand des Nordstrandes von Spiekeroog. Erst musste sie von ihrer Pension einmal quer durchs Dorf laufen, an sich eine nette Strecke, denn der Ort ist nicht besonders groß und zudem ohnehin der malerischste der ostfriesischen Inseldörfer, aber jeden Tag diese Strecke, nur um zum Strand zu gelangen, ist eigentlich eine kleine Zumutung. Warum die Spiekerooger nicht wie alle anderen Inselgemeinden auch Fahrräder für die Urlaubsgäste vermieten? So viel Ruhe müsste Hertas Meinung nach nun auch wieder nicht sein. Gerade heute, an ihrem letzten Urlaubstag tut es ihr um jede Minute leid, die sie nicht am Wasser sein kann, egal ob nachher im Hafenrestaurant beim Frühstück oder eben jetzt beim Morgenspaziergang.

Endlich hat sie die Dünenkette erreicht, geht weit ausschreitend die Holzbohlen zum Strand hinauf und hinunter und schirmt mit der Hand ihre

Augen gegen die Sonne ab – heute zeigt sich der Oktober von seiner sonnigsten Seite. Die letzten Tage waren eher windig und ein bisschen regnerisch, eher herbstlich eben, was man natürlich erwarten muss, wenn man in dieser Jahreszeit nach Ostfriesland fährt, aber heute erweist es sich, dass es eben doch auch anders geht. Immerhin ein schöner Abschiedstag.

Der Strand ist um diese Zeit noch fast menschenleer, verschiedene Vögel – Möwen, Austernfischer und Rotschenkel – picken im Schlick am Rande des Strandes. Herta legt einen Schritt zu, um ihren Kreislauf nun noch einmal richtig in Gang zu bringen. Ein Zwischending von Gehen und Joggen, das ist das Tempo, das ihr am besten gefällt und das ihr am meisten Entspannung bringt: Sport, aber ohne Stress.

Heute Nachmittag wird sie schon in der Bahn sitzen, auf dem Weg nach Siegen, zwei entspannte Wochen gehen zu Ende. Morgen sitzt sie dann um diese Uhrzeit schon wieder bei ihrer Arbeit, in einer großen Brauerei in Kreuztal, wird dann

von acht bis halb fünf im Büro Bestellungen aufgeben und Rechnungen schreiben, und danach
geht's wieder zurück per Bahn nach Siegen.

Die Vorstellung ist nicht verlockend. Hier ist die
Luft so frisch und gesund, und die Einheimi-
schen sind so nett und zurückhaltend, manche
nennen sie auch stur, aber Herta nicht, die findet
das angenehm unaufdringlich. Nicht immer sofort einen Schnack auf den Lippen, kein Aufplus-
tern bei jeder sich bietenden Gelegenheit. Ja, im
Alter könnte Herta sich durchaus vorstellen, sich
hier niederzulassen. Aber ob dafür das Geld rei-
chen wird?

Ach Mensch, sieh mal an: Das hatte sie gar nicht
zu wünschen gewagt, da liegt sogar ein Seehund
am Strand, noch ist er nur schemenhaft zu erkennen, aber sie wird sich langsam anpirschen, um
ihn nicht zu verscheuchen. Der Wind steht günstig, so dass er nicht ihre Witterung aufnehmen
kann. Schade, dass sie ihre Taschenkamera nicht
dabei hat, kann ja auch keiner ahnen, dass ausgerechnet hier und heute …, also den Zweistun-
denausflug zu den Seehundsbänken mit der
'Spiekeroog III' hatte sie sich ja nun ausdrücklich

gespart, das ist nicht dasselbe, als wenn man selbst am Ende der Insel oder eben hier am Strand...

Als sie sich auf dreißig Meter genähert hat, kann sie, ohne von der Sonne geblendet zu werden, genauer hingucken, um zu erkennen, ob es ein erwachsenes Tier ist oder ein Heuler, um den man sich vielleicht kümmern müsste.

So genau kennt sich nämlich Herta in der Zoologie nicht aus, um zu wissen, dass es um diese Zeit keine gefährdeten Jungtiere mehr gibt. Und so menschenleer ist der Strand, dass keiner Hertas gellenden Schrei hören kann, als sie genauer erkennt, was da von den Wellen hin- und herge-schaukelt wird.

2

Donnerstag, 12. Oktober 2011

Die Stiftskirche von Surwold ist dunkel und kalt, nur im Chor der Klosterkirche brennen ein paar Kerzen. Jeder Sitz des alten Chorgestühls in der Apsis wird nur wenig beleuchtet von einer Kerze, die jeweils links an der Seitenwand in einem Halter steckt. Es zieht ständig, und so flackern die Lichter und lassen den Kirchenraum mystischer wirken, als wenn der große Pendelleuchter angeschaltet würde, geschweige denn der Scheinwerfer, der eigentlich nur für die Reinigung des Chors oder zum Fotografieren des Altars dient. Die Schönheit des gotischen Schnitzaltars mit der Kreuzigungsszene lässt sich in dieser fahlen Beleuchtung kaum erkennen.

„In nomine Patri et Filii et Spiritu sancti." –

„Amen."

Die Oberin beendet die Hora. Jeden Abend um sechs werden für ein Viertelstündchen biblische Texte gelesen und ein paar liturgische Gesänge

angestimmt; öffentlich sind diese kleinen An-
dachten, aber meist kommen nur wenige Dorfbe-
wohner und nur gelegentlich bleiben ein paar
Touristen, wenn die Besichtigungszeit der Kirche endet und sie von den Ordensschwestern auf
die anschließende Hora hingewiesen werden. So
bietet der Chorraum mit dem alten, schlicht ge-
schnitzten Chorgestühl links und rechts des Altars immer genügend Platz für die Teilnehmer.

Und wenn auch sonst nur wenige Besucher an
der kleinen Andacht teilnehmen, waren heute
gar keine Gäste zugelassen; nur die Ordensschwestern waren zugegen. Schwester Felicitas
löscht die Lichter der Kerzen, knickst noch einmal vor dem Altar, bevor sie als letzte die Apsis
verlässt, den langen Gang durch die Sitzreihen
der Kirche abschreitet und schließlich den
Haupteingang erreicht. Sie schließt die große
Eingangspforte von innen ab und geht schnellen
Schrittes die Wände entlang, vorbei an den Sei-
tenaltären, erreicht das Tor zum Kreuzgang,
über den sie das Wohngebäude der Ordensschwestern ansteuern will. Doch im Kreuzgang
wird sie von der Oberin erwartet. Sie erschrickt,

weil sich zunächst nur schemenhaft erkennen lässt, wer hier steht und weil sie ohnehin unter einer enormen Anspannung steht.

„Die lungern immer noch vor dem Haupttor herum", beginnt die Klosterleiterin, „obwohl wir bekannt gegeben haben, dass das Kloster geschlossen ist und wir nicht für eine Stellungnahme zur Verfügung stehen. Überall Kameraleute und Reporter. Schwester Veronika hat schon einen in den Obstbäumen gesehen, der versuchte, über die Klostermauer zu klettern!"

Schwester Felicitas zuckt mit den Schultern, äußerlich schuldbewusst, doch innerlich unsicher, was sie dagegen tun könnte.

„Die Zeitungen sind auch voll davon", fährt die Oberin halb vorwurfs-, halb mitleidsvoll fort. „Ich habe sie Ihnen unter der Tür zu Ihrer Zelle durchgeschoben. Warum lassen die Ihre Familie nicht in Ruhe?"

Felicitas zuckt erneut mit den Schultern, räuspert sich und begibt sich zur Essenstafel.

3

Hannas Bericht

Ich habe auch einmal mit Mike seine Tante im Kloster Surwold besucht. Damals, im Sommersemester 1994. Natürlich durften wir nicht gemeinsam in einem der Gästezimmer schlafen, wir waren ja nicht verheiratet, – das ging gar nicht. Aber immerhin hatte sie nicht grundsätzlich was gegen unsere Freundschaft oder dagegen, dass wir zusammen verreisten.

Sie war mir sofort sympathisch, eine Frau, die zu dem steht, was sie tut. Ihr Gang ins Kloster war wohl in der Familie nicht ganz unumstritten gewesen, aber sie hatte darin die einzige Chance gesehen, nicht in einer unglücklichen Ehe oder als frustrierte Chefsekretärin zu enden. Felicitas ist die Schwester von Mikes Vater. Die stammten aus kleinen Verhältnissen, Mikes Vater hatte studieren dürfen, seine Schwester sollte nach der Mittelschule nicht weiter zur Schule, wollte aber lernen, war auf der Suche, wollte nicht irgendeine x-beliebige Arbeit anfangen, also ging sie wohl zunächst nur zum Ausprobieren hierher ins Emsland als Novi-

zin in den Benediktinerinnenorden, ins Kloster Surwold. Wenn ich das richtig verstanden habe, ist der
Orden hier relativ liberal, Mikes Tante konnte sogar
zu Familienfesten und Feiertagen zu ihrer Familie
und musste nicht auf Teufel komm 'raus – ach,
schlechtes Bild –, also nicht um jeden Preis mit ihren
Ordensschwestern Weihnachten oder Ostern bege-
hen, obwohl die ja immer mit Nachwuchsproblemen
und so zu kämpfen haben. Naja, ohne diese gewissen
Freiheiten hätte sie auch einige Dinge nicht getan, die
einigen Stress gemacht haben, und letztlich wäre sie
nicht in die ganze Chose hineingeraten, um die es hier
geht.

4

Hannas Bericht

Also, angefangen hat das Ganze mit dieser Theatergruppe. Mein damaliger Freund Michael, – er selbst nennt sich ja immer nur Mike –, der hatte mit mir in Oldenburg Germanistik studiert. Ich bin dann nach dem Studium ans Theater gegangen, Mike blieb an der Uni – erst als Assistent, dann machte er seine Doktorarbeit, kriegte dann eine feste Stelle als Dozent, inzwischen ist er Professor dort. Aber so richtig ausgelastet hat er sich mit seiner Wissenschaft in der Provinz nie gefühlt. Oldenburg als Lebensmittelpunkt hat er geliebt, aber er hatte eben auch seine künstlerischen Pläne, und die gingen viel, viel weiter.

Er hat sich damals Gleichgesinnte gesucht und auch gefunden: ein abgebrochenes Germanisten-Pärchen, eine arbeitslose drittklassige Schauspielerin und eine Sprecherzieherin. Und mit denen hat er Theater gemacht. In Oldenburg, – aber natürlich immer die große deutsche Kulturszene im Blick.

Das Germanistische Institut unserer Uni, also der Karl-Jaspers-Universität in Oldenburg, die hatte einige Jahre vor unserem Studienbeginn Räume in einer ehemaligen Klinik bekommen, das war ein großes Gebäude, damals frisch renoviert, und da war in dem früheren Operationssaal ein Theaterraum eingerichtet worden, für studentische Theatergruppen. Jedenfalls, mein Freund Mike, der hatte die Idee, dort könne doch auch eine, sagen wir mal, semiprofessionelle Schauspielertruppe proben und aufführen. Und weil der Theaterraum „Theater im OP", also abgekürzt: „TOp" hieß, nannten die sich „LiLiTOp", das stand für „Literatur-Liebhaber im TOp".

Ich sagte ja schon, dass Mike durchaus über Kontakte in der deutschen Kulturszene verfügte, weil natürlich auch unsere früheren Kommilitonen bei diversen Kulturträgern arbeiteten, was man halt so tut als Germanist, wenn man nicht Deutschlehrer oder Feuilletonredakteur in Buxtehude wird.

Also, die Gruppe trat im „Schlachthof" in München auf, in Berlin in der „Hebebühne" oder in der Hamburger „Kulturfabrik". Immer, wenn Mike und seine Leute eine Produktion fertig hatten, sind sie damit *durch die Lande getourt. Natürlich stand Mike in der Zeit nicht für seine Lehrveranstaltungen zur Verfügung, und das sorgte gelegentlich für Unmut unter den Studenten und auch unter den Kollegen in der Germanistik-Abteilung, aber andererseits fanden es natürlich auch alle toll, wenn einer aus der Abteilung, also ein Kollege oder später eben der Chef, in den „Neuesten Münchner Nachrichten", der „Bremer Abendzeitung" oder dem „Göttinger Blickpunkt" eine Rezension bekam (meistens geschrieben von ehemaligen Kommilitonen von uns, die als freie Journalisten arbeiteten). Wenn das Applausometer mal wieder kräftig ausgeschlagen hatte, dann waren sie schon stolz darauf, Mike als Assistenten, Kollegen oder Dozenten zu haben, auch wenn sie sich manchmal über ihn ärgerten, – dass er eben so oft nicht anwesend war.*

*Das Problem an der ganzen Sache war aber eigentlich nicht so sehr, dass er gelegentlich Ausflüge in die Theatersubwelt machte, sondern vor allem, **was** er und seine Leute da spielten. Und Sie ahnen schon, darin liegt eigentlich auch die Tragik seines Endes.*

Also, gespielt wurde kein traditionelles Guckkastentheater – das ging im „TOp" ja ohnehin nicht, weil ja da die Zuschauer von den Rängen auf die Bühne guckten wie früher die Medizinstudenten rund um

den Operationstisch. Wie so eine Art Mini-Amphi-
theater. Und was die spielten, waren auch keine ferti-
gen Theaterstücke, sondern was die machten, das war
sogenanntes biographisches Theater. Also eigentlich -
, meine Freundin Frauke sagt immer: Psychotherapie
auf der Bühne. Psychotherapie, die nicht von der
Krankenkasse bezahlt wird, sondern von den Zuschauern an der Theaterkasse. Ganz am Anfang haben
sie ja noch auf aktuelle Anlässe geschielt, ein Stück
über Schulerlebnisse zu Pestalozzis soundsovieltem
Geburtstag, oder zum Oldenburger Stadtjubiläum irgendwas über ehemalige Studenten, die dann zu Berühmtheiten wurden, August Hinrichs, Karl Jaspers
und so weiter. Das war noch zu unseren Studienzei-
ten.

Aber als wir dann beide fertig waren mit dem Studium, ging es immer mehr um das Leben der Schauspieler selbst. Die haben mal ein Stück auf einem Jahr-
markt spielen lassen, und da zogen sie an der Losbude
Schicksalslose, ob sie sich verlieben, krank werden,
sterben oder heiraten oder was sonst noch so möglich
ist im echten Leben. Und dann mussten sie dazu was
improvisieren, spontan was aus ihrem eigenen Leben
erzählen, was zu dem Stichwort passte. Es gab also
keinen festen Text, auch keinen eigentlichen Autor,

keinen Regisseur; es gab kein Textbuch, sondern eben Text aus dem Stegreif, je nach Loszettel. So war das Stück bei jeder Aufführung ein wenig anders, weil eben jeder jedes Mal andere Lose zog, tja, und darauf waren die auch mächtig stolz.

Eigentlich nannten sie das alles auch gar nicht mehr Theater, sondern Performance. Nichts, was man später gedruckt nachlesen konnte. Die waren auch nicht interessiert am Verfassen, sondern am Spielen –, naja, was man so spielen nennt, das war ja schon oft auch mehr als nur Spiel, das war ja schon auch richtiges Leben. Und immer Action fürs Publikum, das war vor allem Mikes Devise. Dem war kein Tabu zu gering, um nicht gebrochen zu werden. Mal ließen sie sich verkloppen wie das Krokodil im Kaspertheater, mal ließen sie sich von den Zuschauern an- und ausziehen wie Barbie-Puppen. Und dazu wurde immer ein Text improvisiert, der was mit den Darstellern selbst zu tun haben sollte. Keine Rolle spielen. Authentisch sein – das war das Credo der Gruppe. Also meine Art von Theater war das nicht.

5

Hannas Bericht

Kennengelernt habe ich Mike gleich zu Beginn des Studiums, er war in meinem Semester. Ich war nicht sofort verliebt bis über beide Ohren, wir mussten uns erst aneinander gewöhnen. Wir haben gemeinsam Referate gehalten, zum Beispiel über die Dramentheorie von Aristoteles, und dann kam eine größere Hausarbeit über die Inszenierungen von Christoph Schlingensief, den haben wir zu diesem Zweck in Braunschweig interviewt – da hatte der gerade eine Gastprofessur an der Kunsthochschule, – später hat er ja mehr mit seiner Krankheit als mit seiner Theaterarbeit Furore gemacht –.

Mike wirkte zunächst ziemlich unnahbar, aber je besser wir uns kennen lernten, desto offener wurde er dann doch. Sehr straight. Beeindruckte die Professoren mit seinen unverrückbaren Ansichten, stieg schnell zum Lieblingsstudenten von Professor Minter auf, der war damals einer der ganz großen Germanistikpäpste. Aber nur so kommt man zu was. Mike kriegte die studentischen Jobs angeboten, die HiWi-

Stellen, um die andere sich gerissen hätten, aber er hat meist abgelehnt, der hielt das für Zeitverschwendung. Stundenlang für den Prof am Kopierer stehen, Literaturlisten tippen, Bücher aus der Unibibliothek schleppen – was man in der Zeit schon wieder alles selbst lesen und erarbeiten konnte! Ab und zu nahm er zwar schon mal so einen Job an, aber eher, um irgendeinen Dozenten nicht vor den Kopf zu stoßen, wenn der ihm was anbot. Für sich selbst brauchte Mike nicht viel Geld, der hat immer bescheiden gelebt, der kam mit einem Brot und etwas Gouda eine Woche lang aus. Dass er trotzdem nicht der Schlankeste war – also wirklich kein Traumtyp – das lag vor allem am Bier.

Später hat er dann doch öfter gejobbt, aber außerhalb der Uni: in Kneipen und Cafés, damit hat er dann die Produktionen von LiLiTOp finanziert, bevor er vor zwölf Jahren die Stelle an der Uni bekam (zunächst als Assistent, später als Professor) und solange die Theatergruppe noch keine eigenen Einkünfte hatte. Von den Eintrittsgeldern konnten die sich ja auch später nicht ernähren, aber immerhin kam einiges an Unterstützung vom Oldenburger Kulturverein, von der Niedersächsischen Sparkassenstiftung und anderen Institutionen; die fanden diese Performance-Sachen *aufregend und innovativ und hielten das für eine unterstützenswerte kulturelle Errungenschaft.*

Ich war damals schon skeptisch. Diese Art entsprach nicht meiner Vorstellung von einem Theater, das die Menschen erreicht. Des Kaisers neue Kleider! Ich wollte immer die „moralische Anstalt", ein Theater, das Menschen unmittelbar anspricht, ein Theater, das etwas verändert. Klar, auch mit ihrer Psycho-Schiene haben Mikes Leute anregende Diskussionen ausgelöst, da gab es teilweise heftige Zuschauerreaktionen nach den Vorstellungen, aber irgendwie blieb das immer im Privaten. So verändert man die Welt nicht, hab ich mir immer gedacht, – OK, das wollte Mike auch gar nicht, aber mir war das immer schon zu wenig. Also bin ich von Oldenburg aus nach dem Studium für ein paar Jahre an die Landesbühne in Aachen gegangen. Und dann nach Berlin ans Capito-Theater, als Dramaturgin: Kinder- und Jugendtheater – und das entsprach mehr meinen Vorstellungen, weil man wirklich Leute, und eben vor allem Kinder erreichen kann mit dem, was man so gemeinhin als Gesellschaftskritik bezeichnet.

Aber der Reihe nach.

6

Mikes Vorlesung (10. Oktober 2011)

„Vorlesung: Literatur und Wirklichkeit. Die Verarbeitung biographischen Erlebens in der deutschen Literatur vom Sturm und Drang bis zur Gegenwart / Prof. Dr. phil. Michael Moltke / Hörsaal 5 / Di 17-18", so lautet der Eintrag ins Vorlesungsverzeichnis im Wintersemester 2011/12. Hörsaal 5 ist einer der beiden großen Vorlesungssäle und es ist ein Zeichen der Anerkennung der Universitätsleitung, wenn Mike diesen Raum zugewiesen bekommt. 600 Zuhörer passen hinein, und selten bleiben mehr als die letzten beiden Reihen unbesetzt. Es kommen natürlich nicht nur Studenten. Mikes Vorlesungen werden auch von den literaturbeflissenen Oldenburgern gehört – pensionierten Oberstudienräten, aber besonders von den berufslosen Ehefrauen der Oldenburger Wissenschaftler und der Wirtschaftselite, denn Mike hat nicht nur ein gewisses Renommee mit seinen Theaterprojekten erzielt, sondern wirkt – trotz einer gewissen

Korpulenz – über das Fachliche hinaus mit seiner Ausstrahlung auf die Damenwelt der Stadt und Umgebung. Und nach den Ereignissen der vergangenen Woche und der großen Resonanz in den Medien ist bei manchem Zuhörer das Interesse an der heutigen Vorlesung nicht nur literaturwissenschaftlich begründet. Aber all dies erwähnt Mike, ganz professionell, mit keinem Wort.

„Meine sehr geehrten Damen und Herren, ich möchte Ihnen heute und in den folgenden Vorlesungsstunden zeigen, wie das Leben manchmal so spielt und wie daraus ein Nobelpreis werden kann. Wir fragen in dieser Vorlesungsreihe nach den Prinzipien der Verarbeitung realer Ereignisse und Erfahrungen. Was, meine Damen und Herren, reitet eigentlich einen Autor, wenn er eine interessante, eine, um mit Goethe zu sprechen, 'unerhörte' Begebenheit mitkriegt, um daraus eine Novelle, eine Ballade, ein Drama zu basteln? Was reitet ihn eigentlich, ein tatsächliches Ereignis, fremder Leute Erlebnisse – je nach finanzieller Situation – in die heimatliche Schreibmaschine zu hacken oder einem Sekretär in die Feder zu diktieren? Erlebnisse anderer Leute – nicht etwa seine eigenen; denn darüber sind wir uns, denke ich, wohl klar: dass eigene Erlebnisse stets Grundlage literarischer Verarbeitungen sind, ja die literarische Umsetzung den Autoren geradezu zur Verarbeitung ihrer Erlebnisse dient. Das gilt übrigens nicht nur in der herkömmlichen Literatur, sondern auch in der Performance-Kunst – in der bildenden Kunst oder im Theater, aber das nur am Rande. Was also treibt Autoren dazu, das Leben anderer Menschen zu verarbeiten, zu gestalten, zu veröffentlichen? Und umgekehrt: Welchen Reiz hat es für den Leser oder Zuschauer zu wissen: dieses Buch, dieses Schauspiel, beruht auf realen Ereignissen? Dietmar Grieser sagt: 'Alles ist möglich: vom zarten Farbtupfen bis zur vollkommenen Abbildung, von der behutsamen Verfremdung bis zur radikalen Umformung, von der Kunstfigur bis zum Prototyp. Im Umgang mit dem der Wirklichkeit abgewonnenen Rohmaterial hat der Dichter freie Hand.'

Lassen Sie uns zunächst, bevor wir in im vierten Teil der Vorlesung eine systematische, literaturgeschichtliche Abhandlung beginnen, zunächst einige berühmte Fälle herausgreifen, zu Beginn zwei Autoren, die Inbegriff der deutschen Literatur geworden sind und von denen zumindest der eine den anderen sehr geschätzt hat: Ich rede von Theodor Fontane und von Thomas Mann ..."

7

Mitte April 2011

„Guten Morgen, Undine".

Schwester Felicitas verzieht das Gesicht wie bei Zahnschmerzen. Dass der Junge nicht endlich mal aufhören kann mit dieser Provokation. Es ist ja nicht so, dass sie ihren Namen aus dem Gedächtnis gestrichen hat, dass sie etwa ihre persönliche Geschichte und gesamte Identität aufgeben will, aber es kann doch nicht sein, dass er ihren Schritt hinein in die Kirche und ins Kloster – und dazu gehört nun mal auch die Wahl eines neuen, geistlichen Namens – derart ignoriert. Die anderen Schwestern drehen sich zu ihnen um und machen bedeutungsvolle Gesichter.

Mike ist oder gibt sich unbefangen, plaudert über die Nacht im harten Bett, das Aufstehen im ungeheizten Raum, bewundert andererseits die ganze Klosteranlage und die Atmosphäre und lässt sich erst mal Vollkornbrötchen und selbst gestampfte Butter schmecken. Für Gäste gibt es sogar Kaffee.

Gestern ist er angekommen. Nachdem er sich ein paar Tage zuvor angemeldet hatte, hatte sie ein Gästezimmer organisiert. Spät abends kam er dann mit der Bahn. Felicitas wundert sich, dass Mike sich immer noch weigert, Auto zu fahren, obwohl er sich das als Professor nun wirklich seit Langem hätte leisten können. In der Familie munkelt man zwar irgendetwas von mangelndem Orientierungssinn und Schwierigkeiten mit dem Einparken, was ihn auch drei Anläufe mit der Führerscheinprüfung gekostet hatte, aber mit einem bisschen guten Willen hätte man das doch in den Griff bekommen können. Mike selbst hingegen gibt immer als Grund an, Oldenburg liege so verkehrsgünstig, da brauche man gar kein Auto, könne alles so gut per Bahn erreichen und für seine vielen Kongresse bekomme er ohnehin die Flugreisen ab Bremen bezahlt. Also wozu ein Auto? Nun, hier im abgelegenen Emsland hätte es vielleicht wirklich mal genützt, denn die Busse aus Meppen fuhren doch nur sehr sporadisch.

Zunächst einmal wird der Tag geplant. Felicitas hat einige Aufgaben im Kloster zu erledigen, aber mittags wird sie dann Zeit für Mike haben.

Das Kloster lebt von den üblichen Einkommensquellen wie der Verpachtung von Ländereien, dem Unterhalt eines (je nach Betrachtungsweise) Eine- oder Dritte-Welt-Ladens und einer Brennerei für Likör aus selbst angebauten Kräutern, der es aber über eine regionale Vermarktung nie hinausgebracht hat.

Einmal hatte Felicitas in einem großen deutschen Fernsehquiz mitgespielt und eine halbe Million gewonnen. Das war nicht nur eine gute Finanzspritze zum Unterhalt des Klosters, sondern hatte ihm auch eine größere Menge an Touristen und Besuchern beschert, und die Einnahmen durch den Verkauf des Likörs und sonstiger Reisemitbringsel überstiegen für kurze Zeit sogar die Summe des Quizgewinns. Doch diese Popularität hielt naturgemäß nicht lange an: die Erinnerungen der Fernsehzuschauer verblassten, und als auch der Boulevard-Journalismus diese nicht immer mal wieder auffrische („Fernseh-

Nonne: So bleiben Sie fit mit Kräutern"), pendelte sich der Touristenansturm recht schnell wieder auf Normalmaß ein.

Erst mal also der Kräutergarten.

Das Kloster beschäftigt ein paar arbeitslose junge Männer, die auf dem ersten Arbeitsmarkt keine Chance haben. Jugendliche aus betreuten Wohnheimen oder mit einem für ihr Alter schon recht langen Strafregister. Die Kräuter als Grundlage der Likörherstellung sind eine zentrale Angelegenheit für das Kloster, da muss Felicitas ständig einen Blick draufwerfen. Unkraut muss gezupft werden, Pflanzen geteilt und neu eingepflanzt, die Kräuter geerntet, gebunden, getrocknet werden – alles nicht allein zu schaffen von den acht noch im Kloster lebenden Nonnen. Schließlich braucht man auch Personal für die eigentliche Likörherstellung, die Bearbeitung von Bestellungen, ein bisschen Marketing und und und. Felicitas weiß oft nicht, wo ihr der Kopf steht, gerade jetzt im Frühling, kurz vor der Hochsaison, denn bald kommen wieder vermehrt Touristen, die auch Surwolder Kräuterlikör als Souvenir mitnehmen wollen und sollen. Dieser Frühling ist

recht feucht und das ist keine gute Vorausset-
zung, also heißt es, die Entwässerungsfurchen
frei zu halten, damit der viele Regen leicht ablaufen kann. Dazu haben die Jungen zum Glück
mehr Lust als zu den anderen anfallenden Arbeiten wie dem Entfernen des Unkrauts. Felicitas
gibt den jungen Leuten ihre Anweisungen für
den Tag, bespricht sich mit den destillierenden
Mitschwestern und muss noch einigen Büro-
kram erledigen, bevor sie sich mit Mike zusam-
mensetzen kann.

Der schlendert derweil über das wie aus der Zeit
gefallen wirkende Klostergelände. Von Stress
und Hektik spürt er als Besucher nichts, eher
Stillstand. Manche Gebäude könnten mal wieder
einen neuen Anstrich gebrauchen, die Pflaste-
rung der Wege ist krumm um schief, Zeugen der
Vergänglichkeit, vor allem der Vergänglichkeit
dieser Art klösterlichen Lebens. Mike fällt der
kürzlich erschienene Roman („Gehorsam") seiner englischen Kollegin Jacqueline Yallop von
der University of Aberystwyth ein, der in einem
Kloster spielt, das mangels Geld und Personal
aufgelöst werden soll. Eine atmosphärisch dichte

Beschreibung des Niedergangs, sehr deprimierend. Nur warum Jacqui für den bösen Antihelden, der natürlich, wie in fast jedem englischen Roman, ein deutscher Nazi-Soldat sein musste, ausgerechnet den Namen ihres Lehrers und Doktorvaters ausgesucht hat, das will er sie auf dem nächsten Germanistenkongress auf jeden Fall fragen.

Als Schwester Felicitas beim Mittagessen mit Mike erfährt, was ihr Neffe mit ihr besprechen will, ist sie hin- und hergerissen.

„Weißt du, Undine, nach den letzten Stücken über Jugend und all diese gesellschaftspolitischen Themen suchen wir, also sucht meine Theatertruppe mal ein ganz neues Thema. Irgendwas, das die Leute bewegt, aber auch irgendwas Überraschendes, was nicht sofort auf der Hand zu liegen scheint. Wir wollen ein Stück machen über Glauben, also Glaubenswege oder so, und dazu brauchen wir Deine Hilfe."

Felicitas ist sich nicht sicher, ob ein solches Thema wirklich dem Geist der Zeit entspricht, aber sie wittert natürlich auch eine Chance, für Kirche und Glauben zu werben. In welche Richtung das denn gehen solle. Mike erläutert ihr die Idee. Die Reformation feiere demnächst ein großes Jubiläum, also wolle er Martin Luthers Lebens- und Glaubensweg auf die heutige Zeit übertragen: Kinderglaube, Angst vor der ewigen Verdammnis, Ablasskritik, der Streit mit dem Papst, der Bruch selbst mit dem Kaiser – alles das könne dann mit Parallelen aus dem Leben der Beteiligten auf der Bühne verbunden werden, wieder ganz im Sinne seines biographischen Theateransatzes. Nun ist die katholische Nonne erst mal irritiert.

„Und was willst Du dabei von mir? Du weißt aber schon, dass wir Katholiken mit der Reformation wenig zu tun haben. Welche Hilfe, meinst Du, kann ich Dir geben?"

Mike holt tief Luft und sagt es dann frei heraus: „Wir wollen, dass Du mitspielst."

8

Mikes Vorlesung (10. Oktober 2011):

„Am 22. August 1998 erschien im Kulturteil der Braunschweiger Zeitung ein Artikel, in dem es darum geht, dass das Grab der Baronin Elisabeth von Ardenne in Stahnsdorf zwischen Potsdam und Berlin zu verkommen und eingeebnet zu werden droht und dass Fontane-Verehrer aus aller Welt für den Erhalt plädieren, weil eben diese Frau von Ardenne das Vorbild für Fontanes vielleicht bekanntesten Roman abgab. Sie wissen, von wem die Rede ist: Effi Briest. Warum, frage ich Sie, brauchen Fontane-Fans das Grab einer alten Frau? Warum, frage ich auch, musste Fontane ein Erlebnis dieser Frau literarisch gestalten? Und: Wie ging eigentlich Elisabeth von Ardenne damit um?"

9

Hannas Bericht

In unserer letzten Sitzung haben Sie mich gefragt, was Kunst ist. Tja, was ist Kunst? So ganz sicher bin ich mir auch nicht, obwohl man mich wohl auch als Künstlerin bezeichnen würde. Kommt Kunst wirklich nur von Können, wie meine beste Freundin Frauke immer zu sagen pflegt? Zielt Kunst auf Ausdruck oder auf Eindruck, oder will sie nur beeindrucken? Eines ist sicher: Der Kunstbetrieb, der lebt von Innovation. Künstler müssen sich positionieren, aber auch ständig was Neues für die Feuilletons bringen, sonst sind sie nicht mehr im Gespräch und verlieren Mäzene, Unterstützer, Fans, Publikum. Mein Urgroßonkel, Georg van der Wall, war so eine ganz andere Art von Künstler, ein Dichter, der sich mit Unterhaltungsromanen nur seinen Lebensunterhalt verdiente, aber eigentlich für seine Gedichte lebte. Manche Freunde hielten sie für große liedhafte Kunst, aber alle in der Familie, in den Zeitungsredaktionen, selbst in den Verlagen hatten für ihn nur ein Schulterzucken übrig. Nach '45, als viele junge Schriftsteller eine neue Literatur forderten, weil ja nach Auschwitz nichts mehr bleiben könne wie es mal gewesen war, da schrieb Onkel Georg immer noch im selben Stil wie vor Hitler und während Hitler. Kleine, zarte Naturgedichte. Hübsche Sachen, die wir noch heute gelegentlich in unserer Familie vorlesen zu Weihnachten oder runden Geburtstagen, aber zu seinen Lebzeiten wollte das keiner mehr lesen, kein großer Verlag wollte ihn verlegen, obwohl er mit Peter Suhrkamp in Oldenburg zur Schule gegangen war, Rezensionen gab's nur von ein paar alten Freunden. Gedichtbände ließen sich kaum noch verkaufen. Klar, während Benno Ohnesorg erschossen wurde, wollte keiner mehr was von Blütenträumen und Schilfgras lesen. Aber mein Onkel hat sich nicht nach literarischen Moden gerichtet, ist stur seinen Idealen, seinem Stil treu geblieben. Ich habe ihn noch knapp kennengelernt kurz vor seinem Selbstmord, bei einer Familienfeier, seine Söhne waren nicht mit, da gab's ja diesen Stress mit der dritten Ehefrau und deren Tochter, das hat vielleicht auch zu der ganzen Katastrophe beigetragen; schwamm dann in der Ems, ohne Abschiedsbrief, ohne Testament, nur in den Emder Nachrichten lag am nächsten Tag ein Brief mit einem Gedicht – „Abschied", netterweise haben die das dann auch noch gedruckt.

Wie bin ich da jetzt drauf gekommen? – Ach so, ja, wegen der Kunst.

Mike hat da eine ganz andere Kunstauffassung: „Kunst muss nicht nur zeitgemäß sein, sondern in die Zukunft weisen", sagte er immer. Naja, ich bin da mit meiner Landesbühnen-Biographie schon etwas anders drauf. Diese dauernden Experimente, immer was Neues erfinden! Mal was eher Museales machen wie zum Beispiel eine historische Aufführung von Faust oder so – das hätte Mike zum Kotzen langweilig gefunden. Mich dagegen haben diese dauernden Performances furchtbar angestrengt.

Da half es auch nichts, dass ausgerechnet unser ursprünglicher Mentor am „TOp", also an unserer Oldenburger Studentenbühne, sich mehr und mehr von Mike distanziere. Das war der schwedische Lektor aus der Germanistik-Abteilung, Rune Pank. Der riet Mike damals, sich nicht nur auf die Aktionskunst und Kunstaktionen zu konzentrieren. Im Gegenteil:

Ich weiß noch, wie er bei unserem letzten gemeinsamen Treffen in seiner Wohnung an der Delmenhorster Landstraße nach einer Premiere von LiLiTOp sagte: „Kinder", hat er gesagt, mit seinem süßen schwedischen Akzent, „ich weiß, dass ihr gerade dabei seid, eine neue Theaterform zu etablieren und da viel Kraft reinsteckt, aber ich sehe nicht, wie ihr dabei auf Dauer zufrieden sein könnt. Glaubt mir als altem Literaturwissenschaftler: Wir suchen alle nach etwas, das von uns bleibt. Eure Aktionen sind Kunst auf Zeit, deshalb sucht ihr auch nicht nach der perfekten Form, sondern immer nur nach dem, was gerade einigermaßen passt. Das kann euch auf Dauer nicht zufrieden stellen. Wahre Künstler feilen immer wieder, bis die Form zum Inhalt passt, bis es nichts mehr zu verändern gibt ohne die Aussage abzuschwächen. Aber ihr, ihr spielt drauf los wie in einem Seminar zum Szenischen Interpretieren oder in einem Psychodrama. Davon wird nichts bleiben, weil ihr nichts Immerwährendes produziert."

Mike hielt dem natürlich entgegen, dass er eben genau das auch gar nicht wolle. Er wolle an einem Abend nur für dies eine Publikum auf eine bestimmte Art spielen und am nächsten Abend ganz anders für ein anderes Publikum – das sei echt und wahr und aufrichtig und nicht so ehrbesessen wie das herkömmliche Theater. Rune fand das nun wiederum lächerlich und fragte, warum Mike denn dann von einzelnen Aufführungen Videoaufzeichnungen machen lasse und die Filme dann sogar über seine Homepage verkaufe, wenn da ja immer nur eine von zig Möglichkeiten verewigt war, wie das Stück vonstattengehen konnte. Ich musste Rune im Stillen Recht geben, aber Mike brachte dieses Argument erst recht in Rage. Ein Wort gab das andere, die beiden wurden heftiger in ihrer Leidenschaft für die eine oder andere Theaterauffassung, und schließlich zog Mike Türen knallend ab. Ich bin dann auch gegangen, ganz unglücklich, und habe mich tausend Mal bei Rune entschuldigt.

Natürlich war Mike damals trotz aller innerer Überzeugung auch noch auf der Suche, zumindest nach Selbstbestätigung, wusste auch noch nicht so genau, wie es mit ihm beruflich weitergehen würde – die Professur kriegte er ja erst ein paar Jahre später. Überhaupt hatte er es damals nicht ganz leicht mit sich und der Welt und in seinem Schwanken zwischen akademischer und künstlerischer Laufbahn, Sicherheit und Berufung, ach, mit seinem ganzen Selbstbild überhaupt. Und letztendlich auch mit seinen Gefühlen mir oder allgemein einer Partnerschaft gegenüber.

Jedenfalls war das der letzte Abend, den wir mit Rune verbrachten und das letzte verabredete Treffen zwischen Mike und seinem einstigen Förderer.

Wir hatten Rune ja über das Studententheater kennen gelernt. Er leitete damals zwei Theatergruppen im „Theater im OP" – das wurde ihm auf sein Stundendeputat angerechnet, sodass er im Schwedisch-Lektorat nur noch einen Anfänger-, einen Fortgeschrittenen und einen Literaturkurs anbieten musste. Allerdings hat Rune immer wieder betont, die Theaterarbeit mache ja viel mehr Arbeit als die Routine seiner Sprachkurse, besonders kurz vor den Aufführungen, denn er hat sich echt um alles gekümmert, nicht nur um die Dramaturgie, sondern um die Mannschaft hinter der Bühne, um die Werbung mit Plakaten, mit Handzetteln, die dann zu Tausenden in der Mensa herumlagen, mit Vorberichten für die örtliche Presse, die Ankündigung der Aufführungen im Radio, um Eintrittskarten, Verkauf, Abrechnung – eigentlich nahm er uns alles ab, was nicht zum eigentlichen Stück gehörte.

Anfangs haben wir vorzugsweise Autoren gespielt, die dann auch gerade in der Germanistik oder der Anglistik behandelt wurden, – die Anglistik war nämlich im selben Gebäude untergebracht. Pinters „Caretaker", Wildes „Bunbury", Shaws „Pygmalion" – das sogar auf Englisch. Mike und ich haben natürlich am Anfang nur Nebenrollen gespielt, das war im zweiten Semester, die Hauptrollen kriegten diejenigen, die schon länger dabei waren. Aber Rune wurde schnell auf Mikes Talent aufmerksam, und dann ließ er ihn bald größere Rollen spielen, beriet auch mit ihm die Auswahl der Stücke und die dramaturgische Umsetzung. Die beiden steckten oft nächtelang die Köpfe zusammen, bei einem Essen in irgendeinem Studentenrestaurant oder in einem Weinkeller oder bei Rune zu Hause. Mir war ja manchmal etwas unwohl bei diesen vielen Treffen, weil ich einfach Runes Absichten nicht so recht einschätzen konnte, aber es ist wohl nie was vorgefallen. Jedenfalls hat sich Mike nie so geäußert, dass Rune irgendwie mehr gewollt hätte als nur freundschaftliche Zusammenarbeit.

Ja, und irgendwann hat dann der Professor Wolters aus der Anglistik den Vorschlag gemacht, doch mal ein Shakespeare-Stück zu aktualisieren, und nicht immer nur nachzuspielen. Rune hatte da noch keinen Einwand gegen eine moderate Modernisierung –.

Aber es hat sich schon bald gezeigt bei dieser Arbeit, dass Rune und Mike doch ziemlich unterschiedliche Vorstellungen davon hatten, wie so eine Aktualisierung aussehen könnte. Professor Wolters hatte „King Lear" vorgeschlagen und er argumentierte, in dem

Stück werde doch der Generationenwechsel themati-
siert, indem der alte König seiner liebsten Tochter das
Reich übergeben wolle, und auch in den Vorstands-
Etagen der Konzerne, in der Politik und selbst in den
Fakultäten gehe es doch stets um die Frage: Wer über-
nimmt auf welche Weise die Führung, wer löst wen
ab und wie gehen die Alten damit um, wenn das Ende
ihrer Laufbahn bevorsteht? – Und Wolters erzählte,
sein Vorgänger im Amt des C4-Professors habe noch
drei Jahre lang sein Büro nicht räumen wollen und
auf einer Sekretärin bestanden und sich in alle orga-
nisatorischen Fragen eingemischt, weil er nicht habe
loslassen können; er habe damit die gesamte englische
Abteilung in Gewissensnöte gebracht, wie mit dem al-
ten Herrn umzugehen sei, und wie man ihn behutsam
aufs Altenteil schieben könne, und so weiter.

Mike war sofort Feuer und Flamme und fing gleich
an, alle Namen aus Shakespeares Stück zu ersetzen
mit Namen aus der Oldenburger Uni – aber das wie-
derum war Rune zu brisant, und dann hat er eine Ab-
stimmung in der gesamten Theaterabteilung durch-
gesetzt, die gegen Mikes Pläne gestimmt hat, und da-
mit konnte letztlich ein Riesen-Eklat verhindert wer-
den.

Aber das war dann auch der Anfang vom Ende der Freundschaft zwischen Mike und Rune. Danach zog sich Mike mehr und mehr aus der Theaterabteilung raus, hat dann stattdessen bei ein paar freien Theatergruppen mitgemacht und gelegentlich in Nebenrollen oder als Statist im „Neuen Theater" gearbeitet, das war so ein ziemlich renommiertes privates Theater in Oldenburg, das vom Kulturamt ordentlich gesponsert wurde.

Ich bin noch eine ganze Weile in Runes Theaterabteilung geblieben, auch noch nach meinem Examen. Aber Mike hatte seitdem Vorbehalte, ihm war Rune zu konservativ, langweilig, spießig; naja, und schließlich kam es dann Jahre später zum endgültigen Zerwürfnis wegen einiger Zeitungsartikel, die Rune über Mikes Arbeit geschrieben hatte.

Mike hatte Rune inzwischen im akademischen Rang längst überflügelt und nutzte das aus, um sich an Rune zu rächen. Das war in der Zeit, als auch unsere Beziehung bereits zu kriseln begonnen hatte.

10

Mikes Vorlesung (10. Oktober 2011)

„Wie Sie wissen, handelt der Roman 'Effi Briest' von einer Frau zwischen zwei Männern, – die klassische Situation. Missachtet und unverstanden von ihrem Ehemann, einem Baron, betrügt sie ihn mit einem Major. Als der Gatte Liebesbriefe findet, fordert er seinen Nebenbuhler zum Duell und erschießt ihn. Effi wird von ihrem Ehemann und ihrer Tochter verstoßen. Auch ihre Eltern verweigern den Kontakt aufgrund der Schande, die Effi der Familie angetan hat. Sie bleibt allein mit Ihrer Haushälterin, leidet unter der Einsamkeit, wird krank und stirbt mit 29 Jahren. Soweit der Roman, den die meisten von Ihnen wohl in der Schule lesen mussten. Was ist daran für uns interessant? – Nun, natürlich stellt Fontane anhand eines Einzelfalls die Gesellschaft seiner Zeit dar, das war ihm als Autor ohnehin ein Anliegen. Interessant für uns ist aber: Wie geht es einem renommierten Autor damit, ein lebendiges

Vorbild vor einem breiten Publikum auszubreiten? – In einem Brief schreibt Fontane – ich zitiere: 'Es ist eine Geschichte nach dem Leben, und die Heldin lebt noch. Ich erschrecke mitunter bei dem Gedanken, dass ihr das Buch – so relativ schmeichelhaft die Umgestaltung darin ist – zu Gesicht kommt'. Zitat-Ende.

Wir wissen heute aus der Fontane-Forschung, dass Elisabeth von Ardenne jahrzehntelang nicht über ihre Erlebnisse gesprochen hat und dass in ihrer Familie eisiges Schweigen über Fontanes Veröffentlichung herrschte.

Übrigens hat nicht nur Fontane die Geschichte verarbeitet. Es gibt noch zahlreiche weitere Texte bis in unsere Gegenwart. Zahlreiche Verfilmungen, noch zu Lebzeiten der Baronin, als Fontane schon lange tot war. Nie wurde in ihrer Familie darüber gesprochen, es gab keine Gespräche über die Filme, in ihrer Bibliothek fand sich am Ende ihres Lebens nicht einmal ein Exemplar von 'Effi Briest'.

Und Fontane? Der schreibt mit der 'Effi' seinen ersten großen, erfolgreichen Roman, der ist der Inbegriff eines literarischen Realismus, der,

wie er schreibt 'Widerspiegelung allen wirkli-
chen Lebens, aller wahren Kräfte und Interes-
sen im Element der Kunst'."

11

Februar 2011

„Lass uns doch heute die Waldabfahrt machen."

Mike räkelt sich noch im Bett, während Hanna die Vorhänge wegzieht und den Blick auf die weißen Gipfel genießt. Der Tipp ihrer Eltern, hierher nach Serfaus zu fahren, war wirklich grandios gewesen. Die Tiroler Alpen sind ihr als Urlaubsziel immer spießig vorgekommen, aber jetzt ist sie froh, dass sie die Einladung angekommen hat. In ihrer Ferienwohnung rauscht die Umwälzpumpe von dem über ihnen liegenden Schwimmbad des Apartmenthauses, aber es ist ein dezentes Rauschen, das nicht wirklich stört, sondern in gewisser Weise sogar anheimelnd ist. Zu wissen, dass über ihnen rund 300 Kubikmeter Wasser lasten, hat etwas leicht Bedrohliches, aber auch Aufregendes. Vor dem Frühstück ein paar Runden schwimmen zu gehen, bevor man sich zur Gondel begibt, wenn alle anderen

Skitouristen schon oben in den Bergen ihre Spuren ziehen, wenn vor allem die vielen Kinder und Jugendlichen schon längst ihre Ski- oder Snowboardkurse begonnen haben, das macht ein gutes, entspanntes Lebensgefühl. Hannas Eltern haben das Apartment auf dem Flur gegenüber, aber die sind nun wiederum, um die Menschenmassen am Lift zu vermeiden, bereits seit neun Uhr unterwegs. Man wird sich erst am späten Nachmittag zum Kaffee wieder treffen, bevor dann alle vier in der Sauna entspannen. Hanna liebt vor allem das Dampfbad, das ihre Eltern nicht selbst in ihrem Haus in Esens haben, wo sie ihrerseits ebenfalls zwei kleine Ferienwohnungen an Touristen vermieten. Jetzt im Februar aber kommen nur wenige Touristen nach Ostfriesland, sie hätten höchstens eine der beiden Wohnungen vermieten können, der finanzielle Verlust hält sich also in Grenzen.

Nach dem Stress der letzten Theaterinszenierung am Berliner Kindertheater hat sich Hannah auch eine kurze Auszeit verdient:

„Mike, weißt du was? Ich bin so froh, dass wir jetzt mal raus konnten, und dass auch bei dir alles geklappt hat." –

„Wieso hätte irgendwas nicht klappen sollen? Ich hatte doch schon ewig den Beginn der Semesterferien für uns freigehalten." –

„Ach, ich weiß nicht, aber ich hatte echt befürchtet, irgendwas kommt noch dazwischen. War doch gar nicht so klar, dass mit deinem Sammelband und der Inszenierung für den März alles nach Plan läuft, naja, und ehrlich gesagt, habe ich ja lange Zeit nicht geglaubt, dass du wirklich auf diesen Kongress in Cleveland verzichten magst."

Mike hat tatsächlich seine Teilnahme an einem Kongress über „Biographie und Theater" in den USA abgesagt und seinen Assistenten hingeschickt, obwohl die crème de la crème der Theaterwissenschaft aus Europa und den USA dort zusammenkommt.

„Mal ganz ehrlich, Hanna, so ein bisschen finde ich es ganz cool. Ich kann mir leisten, so einen Kongress abzusagen und muss mir keine Sorgen machen um Kontakte oder Publikationsmöglich-keiten. Ich finde, ich habe es echt geschafft in meinem Geschäft." –

„Angeber", erwidert Hanna und beginnt mit dem Kopfkissen eine Kissenschlacht.

Während Hanna danach ein paar Runden im Hallenbad mit Blick auf die glitzernden schnee-bedeckten Alpengipfel zieht, besorgt Mike die Brötchen und eine „Süddeutsche Zeitung" beim Dorfbäcker, stellt die Kaffeemaschine an und richtet den Frühstückstisch.

Hanna kommt zurück und hätte sicher die Vinschgauer Semmel oder den Kornspitz genos-sen, wenn nicht ein Gefühl latenter Übelkeit ihr nun die Stimmung verdürbe. Das ist schon der dritte Tag, an dem es ihr nicht gut geht, trotz der Magentropfen, die ihre Mutter ihr verabreicht hat. Sie beschließt, nach dem Skifahren in der Apotheke einen Schwangerschaftstest zu besor-gen.

12

2. April 2011

Die Bibliothek des Oldenburger Instituts für Germanistik in der ehemaligen Klinik verteilt sich über mehrere Stockwerke in den früheren Krankenzimmern mit den breiten Türen, durch die einst die Krankenbetten geschoben werden mussten. Einige dieser Zimmer enthalten keine Bücherregale, sondern die Arbeitszimmer der Dozenten. Ein kompliziertes System von offenen und verschlossenen Brandschutztüren lässt einzelne Büros von außen zugänglich sein, manche nur über die Bibliothek. So ist es mit dem schwedischen Lektorat, das, am Ende eines Ganges, aus Runes Büro und zwei Räumen mit schwedischer Literatur besteht.

Auf dem Weg zu seiner Vorlesung läuft Mike seinem einstigen väterlichen Freund Rune in die Arme.

„Hei Mike!"

Rune will sich schnell an Mike vorbeidrängeln, aber Mike hält ihn auf. Lange ist zwischen den beiden gar nichts mehr an Kommunikation gelaufen. Nach dem Streit und Runes offenen Worten über Mikes Theaterprojekte sind sich beide, so wie jetzt, seit Jahren nur noch zwangsläufig in der Bibliothek, bei Konferenzen, Prüfungen und gelegentlich bei Empfängen der Fakultät über den Weg gelaufen.

„Rune, ich habe gesehen, du hast mich als Prüfungsvorsitzenden für deine Prüfungen im Mai vorgeschlagen. Schlag dir das aus dem Kopf."

Rune ist nicht auf eine solche Eröffnung des Gesprächs vorbereitet. Aber es kommt noch besser:

„Ich weiß, als Lektor brauchst du für die Prüfungen deiner Studenten einen Professor als Prüfungsvorsitzenden. Ich mach das aber nicht."

„Ich wüsste nicht, wen ich sonst fragen sollte. Seit du hier Professor bist, dachte ich, ich muss nicht mehr Schöning fragen. Der geht ja eh demnächst in Ruhestand, und richtig gern habe ich nie mit Schöning gearbeitet."

Rune ahnt, was jetzt kommen wird. Er selbst konnte wohl trennen zwischen dem akademischen Job und den unterschiedlichen Theaterideen, aber Mike war nachtragend.

„Rune, sag mal, merkst du überhaupt nicht, was hier Sache ist? Du mutest mir zu, deine dusseligen, niveaulosen Prüfungen auf meine Kappe zu nehmen? Wenn du deine Studenten wirklich durchbringen willst, dann such dir einen anderen Dummen. Ich werde keine deiner albernen Prüfungen mehr durchgehen lassen."

Rune ist sprachlos.

„Äh, Mike, hast du nicht selbst deinen Magisterabschluss bei mir mit Schwedisch als Nebenfach absolviert?" – „Ja, und das bereue ich inzwischen auch. Gottseidank weiß kaum einer außerhalb dieser Abteilung, wie schlicht das akademische Niveau bei dir ist, sonst könnte ich mich meinen Ruf als Prof vergessen!"

„Mike, worum geht 's? Doch nicht um meine oder deine akademische Qualifikation, oder? Du weißt ganz genau, dass von einem Lektor längst nicht so viel an Veröffentlichungen und so weiter verlangt wird. Und du weißt, dass ich ganz solide Sachen gemacht habe, zum Beispiel das Lexikon zur skandinavischen Literatur, und ein paar der Artikel hast du selbst auch für mein Lexikon geschrieben, dafür warst du dir nicht zu schade. Und jetzt plötzlich ist dir das zu läppisch?"

„Läppisch sind deine zwei letzten Artikel in der Frankfurter Zeitung und dem Münchner Abendblatt. Wie kommst du eigentlich darauf, mich so lächerlich zu machen? Ein kleiner Lektor will dem Professor die Suppe versalzen, kommt dir das nicht selbst bescheuert vor? Und du erwartest auch noch, dass ich deine Studenten mit durchziehe?"

Inzwischen hat sich Rune ein wenig gefasst: „Mike, wir wissen beide, dass wir unterschiedliche Auffassungen haben, was das zeitgenössische Theater angeht. Ich weiß, du hältst mich für konservativ, nenn' es verknöchert, altmodisch oder wie du willst. Aber können wir nicht hier an der Uni zusammenarbeiten, auch wenn wir im Theaterbereich unterschiedliche Meinungen haben?"

„Unterschiedliche Meinungen zu haben ist das eine, Rune, und das weißt du genau. Aber wenn du deine freie Mitarbeit an den großen Tageszeitungen dazu benutzt, mit mir abzurechnen, wenn du schreibst, mein LiLiTOp mache Laientheater – – – ." Mike wird immer lauter und eine Gruppe junger Studentinnen dreht sich von ihren Arbeitsplätzen zu den beiden Streitenden um, „dann geht es nicht um die Sache, sondern du willst mir ans Bein pinkeln, vor der deutschen Öffentlichkeit. Und das wird dir noch leidtun."

„Hey, Mike, nun mal sachte."

„Ja, sachte, das hätte ich mir auch gewünscht. Du bist ein Verräter an der Idee modernen Theaters, weil du keine Ahnung hast, weil du Angst hast vor Innovationen. Und du glaubst, du kannst dich nur wehren, wenn du mich klein machst vor allen Leuten."

In seiner Wut zieht Mike einige Kopien aus seiner Jackett-Tasche. Kopien von Runes Rezensionen des letzten Stücks, das im März in Oldenburg Premiere hatte und demnächst in der Berliner Hebe-Bühne aufgeführt werden soll.

„Hier –" er fuchtelt Rune mit den Zetteln vor der Nase herum: „'Jedes Schülertheater ist anregender!' Hältst du das für eine besonders qualifizierte Bemerkung? Oder noch schlimmer: 'Was sollen wir armen Zuschauer mit der Psychokacke frustrierter Schauspieler anfangen? – Am besten: gleich wieder vergessen!' Und damit soll ich mich in ein paar Tagen vor das Berliner Publikum stellen?"

Rune kann ein Schmunzeln nicht unterdrücken. Auch wenn seine akademischen Leistungen nicht besonders hoch anerkannt sind, seine Artikel, die er als freier Mitarbeiter für die Feuilletons führender Tageszeitungen und vor allem für ein wichtiges Theatermagazin schreibt, haben ihm ein gewisses Ansehen in der Kulturszene verschafft. Seine Arbeit am Schwedisch-Lektorat in der Oldenburger Uni, die macht er nur so zum Broterwerb nebenbei; und seine Arbeit an dem Literaturlexikon, die hat ihm ein wenig der Rücken gestärkt, weil er endlich mal eine wissenschaftliche Veröffentlichung vorweisen konnte. Aber seine eigentliche Leidenschaft gehört dem Verfassen von Artikeln und Rezensionen über Theateraufführungen in der gesamten Republik, wobei er als Experte für deutsche Dramen der 30er und 40er Jahre gilt.

„Offenbar hältst du mein Urteil und meine Qualifikation ja doch nicht für so gering, sonst müsstest du dich nicht so aufregen. Aber ehrlich, Mike, kannst du denn nicht trennen zwischen unseren Theatergeschichten und unserer Freundschaft – und unserer Arbeit hier am Institut?"

Mike antwortet nicht auf diese Frage. Er knüddelt seine Kopien zusammen, wirft sie Rune vor die Füße, lässt ihn stehen und geht mit schnellen Schritten Richtung Vorlesungssaal. In seiner Vorlesung über österreichische Literatur in diesem Sommersemester wird es heute um den österreichischen Schriftsteller Anton Wildgans gehen, der sich bei einem ganzen Dorf entschuldigen musste, in dem er oft seine Ferien verbrachte und das er als Modell für ein Versepos verwendete, in dem er die Schlechtigkeit der Welt exemplarisch darstellte. Der Bürgermeister war geradezu schwermütig geworden ob der

Schande, die ihm durch sein Porträt widerfahren war.

Später, nach der Vorlesung, geht Mike in das Bistro gegenüber dem Hörsaalgebäude und bestellt sich einen Gin Tonic. Zum Runterkommen. Aber eigentlich will er nicht entspannen, sondern er schmiedet seinen Plan, der ihm während der Vorlesung gekommen ist. Er hat deshalb heute auch nicht besonders überzeugend vorgetragen, sich mehrfach verfranst und sich mehr als sonst an seinem Konzept orientieren müssen.

13

Hannas Bericht

Mike konnte nie gut unterscheiden zwischen Thema und Person. Was er liebte, das liebte er abgöttisch, was er ablehnte, das lehnte er ab bis zum Hass. Nur so kann ich mir auch erklären, was er damals ausgebrütet hat. Er hat Berufliches, Thematisches und Persönliches in einen Topf geworfen. Er war ja noch Assistent bei Professor Schöning gewesen, als Rune ihm die Unterstützung bei seinen Theaterprojekten verweigert hatte – Mike nannte das: „die Gefolgschaft verweigert" – bisschen größenwahnsinnig, was? Mike hat dann nicht nur versucht, Rune aus dem Weg zu gehen, ihn zu meiden, sondern er hat schon damals seine Kontakte in der Uni genutzt, um Rune zu schaden. Und er hat begonnen, ein Netz zu den Feuilletonredaktionen, vor allem zu den linksliberalen Zeitungen zu spinnen, um einerseits seine eigene Theaterarbeit zu promoten, aber andererseits auch, um Runes Artikel zu diffamieren. Immer wieder habe ich versucht ihn zu bewegen, noch mal darüber nachzudenken, was ihn eigentlich so verletzt hat, aber es war kein Gespräch mit Mike über Rune möglich, und schon gar nicht ein Gespräch zwischen den beiden. Selbst als ich dann vorschlug, der Personalrat könnte vielleicht vermitteln, hat Mike nur abgewinkt. Auf meine Position und meine Gefühle hat er dabei keinerlei Rücksicht genommen. Dabei war Rune immer ein väterlicher Freund für mich gewesen, und ich hatte überhaupt nicht die geringste Lust, darauf zu verzichten.

Aber seit Mike im Herbst 2008 Professor geworden war, scheint für ihn der Gedanke, Rune zu schaden, eine fixe Idee geworden zu sein. Die beiden Rezensionen in der Frankfurter Zeitung und dem Münchner Abendblatt haben ihn dann endgültig umgehauen. Ich glaube, er ließ er nichts unversucht, sich an Runes öffentlich geäußerter Kritik zu rächen. Ich habe davon nur wenig mitgekriegt, weil wir an anderen Fronten zu kämpfen hatten, aber Mike muss wirklich ziemlich unnachgiebig Ausschau gehalten haben nach einer Möglichkeit, Rune bloßzustellen.

Und dann kam die Sache mit dieser unglückseligen Herausgebertätigkeit.

14

Mikes Brief an seine Vorgesetzte

Karl-Jaspers-Universität Oldenburg

Institut für Germanistik

Prof. Dr. Michael Moltke

5. April 2011

An die
Dekanin der Fakultät für Philologie
Frau Prof. Dr. Monika Rydal-Sonke
August-Hinrichs-Platz 8

26100 Oldenburg

Sehr geehrte Frau Professor Rydal-Sonke,

hiermit folge ich einer inneren Pflicht, Ihnen einige Informationen über einen Mitarbeiter des Instituts für Germanistik zukommen zu lassen.

Der von uns allen bislang sehr geschätzte Leiter des Lektorats für Schwedisch in unserem Institut hat eine Publikation auf den Markt gebracht, die geeignet ist, der Germanistik in Oldenburg, wenn nicht der gesamten Fakultät großen Schaden in der Öffentlichkeit zuzufügen.

Ich weise Sie hiermit auf das Buch „Oldenburger Almanach" hin, das Herr Dr. Rune Pank jüngst herausgegeben hat. Dieses Buch ist eine Anthologie von Kurzprosa und Gedichten nationalkonservativer und später auch nationalsozialistischer Autoren aus der Zeit von 1900 bis 1945, die Dr. Pank unter dem Deckmantel „Vergessene Autoren der deutschen Literatur im 20. Jahrhundert" (so der Untertitel) zusammengestellt hat. Die Wahl des Titels erfolgte wohl in Anlehnung an den „Göttinger Musen-Almanach" (1898-1922). Die Edition findet nicht etwa, wie ich es in unserem Institut für selbstverständlich halten würde, aus Gründen der Demaskierung oder Aufarbeitung nationalsozialistischen Gedankenguts statt; stattdessen nennt der Herausgeber als Grund für seine Publikation „die mit dem Abstand von Jahrzehnten nun endlich notwendige Neuorientierung der Literaturwissenschaft, die nicht alle Literatur der Hitler-Zeit über einen Kamm scheren" dürfe. Pank stellt darin norddeutsche und niedersächsische Autoren wie August Hinrichs, Georg Grabenhorst, Georg von der Wall und Hans Grimm vor, die alle nicht unumstritten in ihrem Verhältnis zu Hitlers und Goebbels Literaturpolitik sind, und er nimmt sogar einen Autor wie Börries von Münchhausen in die Sammlung auf, der nicht nur qualitativ völlig indiskutable Werke verfasst hat, sondern auch in zahlreichen literaturkritischen Abhandlungen eine menschenverachtende Rassenreinheit propagierte und 1933 das Treuegelöbnis an Hitler unterzeichnete. Wenn auch seine Einstellung zum Judentum ambivalent war, so hat er sich eindeutig zum Nationalsozialismus bekannt und sich schließlich angesichts der Niederlage beim Anrücken der Alliierten auf seinem Gut erschossen. Dieser Autor wird von Dr. Pank als einer der „produktivsten deutschen Balladendichter"

„dem Vergessen entrissen" und rehabilitiert. Nicht genug damit, hat Dr. Pank seine Sammlung in dem national gesinnten „Weser-Verlag" herausgebracht, der sich vor allem durch militaristische, anti-jüdische und apologetische Publikationen auszeichnet, aber auch die Gesamtausgaben mehrerer Nazi-Dichter betreut.

Mit dieser Veröffentlichung scheint mir Dr. Pank die sich in einem Teil der Literaturwissenschaft abzeichnende mangelnde Distanz zu den Werken des Nationalsozialismus zu unterstützen. Er schadet damit dem Ansehen unserer gesamten Zunft, aber vor allem dem Oldenburger Institut.

Da Dr. Pank meines Wissens nicht ohne Weiteres als Lektor kündbar ist, bitte ich Sie zu prüfen, inwieweit die Fakultät Dr. Pank wenigstens die öffentlichkeitswirksame Arbeit in der Theaterabteilung entziehen kann.

Für nähere Informationen stehe ich gern zur Verfügung und verbleibe

mit freundlichen Grüßen

Ihr

m.moltke

15

Hannas Bericht

Rune Pank als einen Nazi-Verteidiger zu diffamieren, das passte Mike natürlich ins Konzept. Rune hat mir vor einiger Zeit sein Buch und den ganzen Schriftwechsel mit der Fakultät und der Institutsleitung in Kopie hier ins Kloster geschickt. Inzwischen haben ihm wohl auch eine Reihe namhafter Literaturwissenschaftler von verschiedenen Universitäten bestätigt, dass sie die Vorwürfe gegen ihn für groben Unfug halten. Das Buch selbst ist auch wirklich gut gemacht und nimmt eindeutig Stellung gegen den Nazi-Terror. Rune wollte einfach nur dafür werben, dass man einzelne Werke noch einmal unbefangen neu liest, ohne Voreingenommenheit, ohne gleich die einschlägigen Nazi-Werke dieser Autoren im Kopf zu haben. Nicht jede Geschichte von Will Vesper ist eine antijüdische Hetzschrift, und Hans Grimm mit seinem 'Volk ohne Raum' war nicht mal in der Partei. Naja, aber darum ging es Rune gar nicht so sehr: Er wollte eigentlich vor allem eine Entwicklungslinie von

Kurzprosa aufzeigen, so von Erzählungen der Weimarer Republik bis zu den Böll'schen und Lenz'schen Kurzgeschichten, weil man ja die Literatur der jungen Bundesrepublik ohne die Werke der 30er und frühen 40er Jahre eigentlich nicht richtig verstehen kann. Leider aber hatte sich aber wohl kein renommierter Verlag dafür gefunden (obwohl Rune ja nun durchaus für große Verlagshäuser wie den Eiland-Verlag gearbeitet hatte), und da hat er sich in der Tat – ob das nun aus Überzeugung von seiner Idee war oder vielleicht auch aus einer gewissen Eitelkeit heraus, um mal wieder was zu publizieren – jedenfalls hat er sich hinreißen lassen, das Werk in einem etwas fragwürdigen Verlag erscheinen zu lassen.

Es gab einen Riesenkrach in der Germanistischen Abteilung, und allem Anschein nach war Mike wohl nicht ganz unbeteiligt daran, dass Rune schließlich die Leitung der Theaterabteilung entzogen bekam. Dieser Rausschmiss hat ihn echt tief getroffen, und das hat natürlich nicht gerade sein Engagement für die Oldenburger Germanistik gefördert. Denn schließlich hatte er ja ganz maßgeblich zum Aufbau des Studententheaters beigetragen, und in diesem Zusammenhang hat er eben auch Mike gefördert, und der *schloss ihn jetzt – als einer von mehreren Professoren – aus der Theaterabteilung aus.*

Aber ganz ehrlich: für die Querelen zwischen Rune und Mike hatte ich nicht so richtig viel Kraft und Gedanken übrig. Ich war ja damals kaum noch in Oldenburg, sondern habe in Berlin gearbeitet und kam immer mal wieder zu Mikes Theaterproben, um ihn bei der Arbeit zu unterstützen, obwohl ich eigentlich genug mit meinen eigenen Theaterproduktionen genug zu tun hatte, die liefen ja auch gut – besser als Mikes Projekte, was ihn natürlich ganz schön gewurmt hat.

Aber wozu ich aber überhaupt keine Lust hatte, das war, dass die beiden mich vielleicht zwingen könnten, mich für die eine oder andere Seite zu entscheiden. Das ging gar nicht.

– – –

Dass ich schwanger war, hatte sich schon während des Skiurlaubs herausgestellt. Und dass Mike der Vater war, war eindeutig. Ich fand nur ganz lange nicht die richtige Situation, es ihm zu sagen. Mike, der war total überdreht wegen verschiedener Projekte. Er hatte zwar auf den Kongress in den USA verzichtet, aber dann stand ein neues Stück für Berlin an, und daneben hat er lauter Pläne geschmiedet, und das lief alles auf eine drastische Einschränkung von unserem Privatleben hinaus: Vorträge wollte er halten, einen Kongress veranstalten („Die Bedeutung der Biographie für die Theaterauffassung unserer Zeit"), Gastprofessuren im Ausland wünschte er sich. Mal ging er davon aus, dass wir dadurch auch wohl längere Zeit getrennt bleiben würden, dann wieder hat er erwartet, dass ich meine Verträge mit dem Capito-Theater kündigen sollte, nur um ihm bedingungslos überall hin zu folgen, von Shanghai bis Helsinki, wo er überall Kontakte hatte, die er auszunutzen wollte. Und gleichzeitig reifte dann auch noch seine Idee mit dem Kirchenthema für LiLiTOp; das bedeutete natürlich wieder Konzentration auf Oldenburg. Für meine eigenen Pläne war da überhaupt kein Platz. Ich habe das leider viel zu lange vor mir hergeschoben, ihm was von dem Kind zu sagen.

16

Anfang April 2011

Mike ist am Rande seiner Geduld. Da sitzen die fünf LiLiTOp-Akteure im Personalraum des Germanistischen Instituts, im Untergeschoss, zwei Stockwerke unter Mikes Büro, und brüten über einem neuen Projekt.

Mike, der Vordenker, der Intellektuelle unter ihnen, auch der einzige mit einer fest verbeamteten Stelle, der dem ganzen Projekt die nötige Seriosität gibt, der auch über Kontakte über die Theater-Szene hinaus verfügt, Kontakte zu literarischen Gesellschaften herstellt, Aufträge von Kulturinstituten an Land zieht wie im letzten Herbst die Reise im Auftrag des Herder-Instituts durch die drei baltischen Hauptstädte, muss sich eigentlich auf seine neue Vorlesungsreihe im Wintersemester über 'Literatur und Wirklichkeit' vorbereiten, aber stattdessen stehlen ihm die vier Dilettanten, mit denen er hier zusammen

sitzt und auf deren Mitarbeit an den Theaterprojekten er auf Gedeih und Verderb angewiesen
ist, die Zeit. Verfluchte Demokratie in der Thea-
tersubkultur!

Neben ihm sitzt Waltraud, genannt Wally. Wally
ist ausgebildete Sprecherzieherin, hat ihre Ausbildung in der Sprecherzieherinnen-Schule in
unmittelbarer Nachbarschaft des Germanistischen Instituts gemacht, ist so zum Studententheater gekommen, hat sich Mikes Idee von einem neuen Theater verschrieben und hofft auf
den großen gemeinsamen Erfolg.

Bastian und Tina sind abgebrochene Deutschstudenten, die sich nicht als zukünftige Lehrer sa-
hen, sondern als Künstler, und lieber Taxi fahren
wollen, als sich den Zwängen einer staatlichen
Lehrerausbildung zu unterwerfen.

Die Fünfte im Bunde ist Rea Silvia, die darauf besteht, immer mit vollem Doppelnamen ange-
sprochen zu werden. Sie scheint nur von Süßig-
keiten zu leben, das sieht man ihr an, und auch
jetzt schiebt sie sich gerade einen Mars-Riegel
rein. Rea hat eine Schauspielausbildung an einer
privaten Schauspielschule in Gießen gemacht,

viel Geld investiert, das sich aber noch nicht wirklich rentiert hat. Außer dem dritten Zwerg in einem Weihnachtsmärchen in Bad Gandersheim hat sie noch nicht auf nennenswerten Bühnen gestanden, hat sich meist als Synchronsprecherin von Pornostreifen ihr Geld verdient und wartet, wie die anderen auch, auf den großen Durchbruch.

Klar ist: im Jahrzehnt der Reformation sollten sie etwas zum Thema Glauben oder Christentum oder Luther oder so inszenieren, denn mit einem solchen Thema wird es Auftrittsmöglichkeiten en masse geben. Kirchentage, Symposien, aber auch Feste in Kirchengemeinden zur 500. Wiederkehr des Thesenanschlags, der möglicherweise in der überlieferten Form nie stattgefunden hat.

An die zehn Male haben sie verschiedene Möglichkeiten und Ansätze durchdacht, konzipiert, alles umgeworfen, von vorne angefangen, wieder und wieder die Luther-Bücher durchforstet, Anregungen gesucht, herumgesponnen, assoziiert, notiert, probiert, bis schließlich wieder einer der fünf, diesmal ist es Wally, sagt: „Alles schön und gut, aber ist das dramaturgisch wirklich stimmig? Kommt das so rüber, wie wir uns das denken?" Großes Gestöhne, kurzes Grübeln, schließlich die Einsicht: „O.K., Wally, du hast Recht."

Wally nickt zufrieden.

„Seht mal, Leute, das Problem ist doch, dass wir ganz unterschiedliche Leute im Publikum sitzen haben werden, ganz fromme, gleichgültige, aber auch überzeugte Atheisten, vielleicht sogar ein paar Muslime oder Voodoo-Anhänger. Die müssen alle auf den gleichen Kenntnisstand gebracht werden, sonst funktioniert das Ganze nicht. Nicht die großen Fragen, warum man überhaupt Religion braucht, aber auch nicht die Problematik, mit der Luther sich rumschlägt. Wenn wir fünf mehr oder weniger Gleichaltrigen da auf der Bühne stehen, da decken wir doch gar nicht das ganze Spektrum ab, an Glauben, an Erfahrung, an Zweifeln. Wie sollen wir über das Leid im KZ sprechen oder über Hiroshima? – Das war doch alles vor unserer Zeit."

Alle lauschen Wallys Vortrag, denken nach, unwillig, so schnell klein beizugeben.

Es dauert eine Zeitlang, bevor Bastian hervorstößt: „Ich hab's! Kinder, was wir bislang gemacht haben, ist alles schön und gut, aber irgendwie suhlen wir uns doch immer nur im eigenen Dreck. Ob wir über unsere erste große Liebe, über Kindergarten-Horror oder irgendwelche sexuelle Fantasien performen, es geht immer um uns. O.K., dafür mag man uns, dafür haben wir ein Stammpublikum, dafür sind uns bestimmte Bühnen sicher, dafür bejubelt uns die Alternativpresse. Aber irgendwie geht es nicht weiter... Sollten wir nicht bei diesem Thema mal über unseren Tellerrand hinausgucken und andere Leute dazu einladen? Jemanden, den wir glaubensmäßig für kompetent halten, der uns überzeugt hat oder abgestoßen, Leute aus unserem Leben, die wir als Glaubenszeugen auf die Bühne holen!?" –

Bastian hat sich in Rage geredet und es dauert eine kurze Weile, bis sich alle von der Erregung erholt haben.

„LiLiTOp spielt mit Betroffenen. Mensch, Bastian, das ist genial!", ruft Wally. Wie so oft bekommt sie wieder einmal dieses messianische Glühen auf den Wangen, sie ist sich klar: heute wird eine neue Kunstform geboren. Eigentlich erst wirklich heute. Denn bislang haben nur die fünf LiLis selbst ihre Stücke präsentiert, sich dargestellt, und stets waren die Zuschauer Beobachter, eher passive Teilnehmer einer Session, gelegentlich auch Entscheider, Anweiser, Mitgestalter, aber immer ging es bisher nur um die fünf Akteure, die um das Publikum herumagierten, sich nach dessen Vorgaben verhielten, Situationen ausprobierten, Verhaltensweisen versuchen und schlimmstenfalls auch wieder revidieren konnten.

„Und nun lassen wir endlich mal anderen unter die Röcke gucken – wir präsentieren echte Menschen, authentische Geschichten, das ist das Biographischste, was wir je gemacht haben!" –

„Besser als jede gestellte Doku-Soap im Hartz-TV", bestätigt Bastian.

Auch in Mike regt sich Interesse. Wenn man tatsächlich nicht nur die eigenen Glaubenswege recherchieren würde, wenn man tatsächlich nicht nur seine eigene Auffassung von Religion auf die Bühne brächte, sondern diejenigen Menschen, die einen dahin gebracht haben, auf der Bühne Rede und Antwort stehen ließe. Mike lässt sofort seine eigene Biographie ablaufen: Der Pastor, der ihn durch seinen ewig gleichen Sermon in den Gottesdiensten gleich nach der Firmung aus der Kirche geekelt hat. Der alte Kurt Hesse, der als Jude in den 70er Jahren wieder aus Amerika nach Wilhelmshaven gekommen war (er wohnte im Nachbarhaus) und dann auch noch zum Katholizismus konvertierte – Mike hatte viel Zeit bei ihm verbracht, weil er quasi zweisprachig war und ihm bei seinen Englisch-Hausaufgaben helfen konnte. Und dann der Stress mit der Mutter von Marlene, seiner ersten Freundin, bei der er nie übernachten durfte, weil Mama sich in ihrer Prüderie immer auf den lieben Gott berief. (Später war sie dann die erste Großmutter unter den Eltern seines Schuljahrgangs geworden.)

„Cool, ich schätze, das ist jetzt so beschlossen. Jemand dagegen? O.K., dann überlegt bitte alle bis zum nächsten Mal, wen ihr überreden könntet, mitzumachen. Vielleicht sogar schon mal Zusagen einholen, damit wir möglichst schnell anfangen können."

Ohne weitere Diskussionen aufkommen zu lassen, verlässt Mike mit dem großartigen Gefühl, gerade ein Stück Theatergeschichte zu schreiben, den Raum.

17

November 2007

Studienbeginn zum Wintersemester müsste verboten werden, nicht nur in Oldenburg, aber dort besonders. Es wird früh dunkel, sofern es überhaupt tagsüber wirklich merklich hell gewesen ist. Es ist oft neblig, meistens feucht, immer windig.

Wer nicht im Studentenwohnheim oder in einem möblierten Zimmer in einem Neubau am Stadtrand von Oldenburg untergekommen ist, wohnt meist in einer Wohngemeinschaft in einem alten historistischen, schlecht isolierten Jahrhundert-wende-Klinkerbau, deren trostlose Zimmer mit den alten Gasöfen schnell überheizt sind; stellt man sie ab, ist es sofort wieder kalt. So kommt zum Heimweh, zur Sehnsucht (wenn schon nicht nach den Eltern, dann doch zumindest nach Freunden im alten Heimatort), und zum Studien-Anfänger-Blues, wie denn all die Herausforderungen des Studentenlebens zu bewältigen seien, auch noch die Herbstdepression. Allerdings nicht bei Ole.

Ole ist zu Mike in die WG gezogen. Obwohl habilitierter Assistent, mittlerweile 35 Jahre alt, immer kurz vor einer Verlobung oder Heirat mit Hanna, wohnt Mike immer noch gern mit anderen Leuten zusammen. Ein Zimmer für sich, das reicht ihm. Dafür eine große Gemeinschaftsküche, mit viel Platz zum Klönen, Kochen, Sitzen, – 'Abhängen', wie seine Studenten zu sagen pflegen. Und zum Arbeiten hat er ja das Institut, sein eigenes Arbeitszimmer und die Schlüssel für die Bibliothek.

Mike wohnt seit seinem ersten Semester in dieser Wohnung. Die war schon damals ein Traum, alle Kommilitonen waren neidisch, auch Hanna war tief beeindruckt. Nur Freunde, Verwandte und ausgesprochen interessante Leute haben hier eine Chance einzuziehen. Die WG war schon einige Jahre vor Mikes Umzug nach Oldenburg gegründet worden, nun ist er aber einer der Honoratioren, der „Alte Herr", wie er gelegentlich selbstironisch bemerkt.

Vom ersten Tag an war Mike froh, hier zu sein. Vor Antritt des Studiums vor vierzehn Jahren war ihm ja Oldenburg viel zu klein erschienen als Unistadt. Hamburg, Berlin, München – das wäre für ihn der Traum schlechthin gewesen, von Wilhelmshaven, Ostfriesland, in die große weite Welt. Andererseits hatte die Germanistik hier in Oldenburg damals schon einen interessanten, wenngleich nicht unumstrittenen Ruf – als Gründung aus den 70er Jahren war sie manchem angehenden Studenten und vor allem manchem Elternteil eher suspekt. Aber Mike war nicht so gestrickt, dass ihn das hätte beeinflussen können.

Er hatte hier auch schon zig Leute aus den zwei, drei Schuljahrgängen über ihm am Greta-Schoon-Gymnasium Wilhelmshaven gekannt, vor allem aus der Theatergruppe der Oberstufe. Zu zwei von denen und einem Auricher zog er damals in diese Jungs-WG im dritten Stock im Schieferweg.

Immer wieder zog dann einer aus, mit seiner Freundin zusammen, oder jemand wollte dann doch lieber allein wohnen, zumindest in der Examenszeit, um sich nicht dauernd ablenken zu lassen. Oder einer wurde fertig oder brach das Studium ab.

Und immer versuchten die verbleibenden Bewohner, erstens auf jeden Fall einen Mann und zweitens, wenn irgend möglich, einen Ostfriesen als Nachfolger zu gewinnen. Meistens hatte das auch geklappt, oft hielten es die Kandidaten etliche Semester aus, sodass sich gewisse Rituale entwickelten, in denen das Buten-Ostfriesentum gepflegt werden konnte. Tee zum Beispiel ging, ganz klar, nur lose, ohne Teebeutel. Teezeit war – etwas untypisch – immer gegen 6 Uhr abends, nach der Uni. Und da herrschte auch eine gewisse Anwesenheitspflicht. Andere Mahlzeiten klappten eher selten gemeinsam, der Lebensrhythmus war denn doch je nach Studienfach und persönlichem Biorhythmus meist zu unterschiedlich. Die Mediziner saßen oft um 8 Uhr morgens schon in ihrer ersten Vorlesung, da hatten die Soziologen nach durchzechter Nacht erst drei Stunden geschlafen. Aber auf dieses gemeinsame Vorabend-Programm konnten sich fast alle immer recht gut einlassen.

Jetzt also Ole Saathoff, der vor vier Wochen eingezogen ist, und so sitzen jetzt vier Männer zwischen neunzehn und fünfunddreißig in ihrer WG-Küche, bei Tee und Kluntje und Kerzenschein, Zigarettenrauchschwaden ziehen unter die drei Meter hohe Stuckdecke, es wird geklönt, man plant die abendlichen Teile des Wochenendes, schließlich gilt es, Ole mit den wichtigsten Diskotheken, Clubs und Szenekneipen in kürzester Zeit vertraut zu machen. Als es klingelt und Ole aufspringt, grinsen sich die drei anderen Männer an. Klar, wer jetzt kommt. Ole kommt mit Antje zurück in die Küche. Seit vier Wochen wohnt Ole nun hier in der WG, und seit zwei Wochen gehört Antje gewissermaßen dazu. Nicht, dass die anderen wirklich was gegen Antje haben, aber ursprünglich war das Ganze mal als Männer-WG gedacht gewesen, und so muss, das weiß auch Ole, Besuch, zumal Frauenbesuch, wohl dosiert werden. Immerhin ist Antje als Ostfriesin, wenn auch aus dem Rheiderland jenseits der Ems, hier aber grundsätzlich wohlgelitten. Mit Ole hat sie gleich bei den Einführungsveranstaltungen die ersten Kennenlern-Runden absolviert, beide gehören zu derselben Tutandengruppe, die von zwei Studentinnen aus höheren Semestern betreut wird.

Mike erinnert das natürlich sehr stark an seine eigene Anfangszeit in Oldenburg. Auch er war Hanna direkt zu Beginn des Studiums in einer der ersten Begrüßungsveranstaltungen für Erstsemester über den Weg gelaufen, zwar waren sie nicht sofort ein Paar gewesen, aber da weder Mike noch Hanna eine feste Beziehung in ihren Heimatorten zurückgelassen hatten, hatten sich beide zunächst in eine Freundschafts- und Arbeitsbeziehung gestürzt, die ab dem zweiten Semester zu einer Liebesbeziehung wurde, die bis jetzt gehalten hat.

Bis heute fühlt Mike sich seiner Geliebten gegenüber herkunftsmäßig unterlegen, sie ist gewissermaßen 'ostfriesischer' als er, sofern seine Germanistikkenntnisse diese Steigerung grammatikalisch überhaupt zulassen. Mit ihrer Herkunft

aus Esens stammt sie aus dem eigentlichen Ostfriesland, während Wilhelmshaven und umzu ja
historisch zum Großherzogtum Oldenburg gehört hatte, wenngleich sich viele Wilhelmshave-
ner letztlich – zumindest geographisch – zu Ostfriesland gehörig fühlen. Hanna lebt aber ihr
Friesentum, sie kennt die leckersten ostfriesischen Koch- und Backrezepte und: Sie spricht im
Gegensatz zu den meisten jüngeren Ostfriesen
auch noch Plattdeutsch, weil auch ihre Eltern
von Berufs wegen Platt gesprochen haben. Für
Hannas Mutter als Apothekerin war es unab-
dingbar gewesen, die älteren unter ihren Kun-
den auch im Harlinger Platt zu beraten, und
Hannas Vater hatte als gestandener Realschul-
lehrer auch viel mit Eltern zu tun gehabt, die sich
leichter auf Platt auf das einlassen konnten, was
'de Mester' zu sagen hatte. Und nun leben Hannas Eltern auch noch neben ihrer Rente oder Pension vom Fremdenverkehr, indem sie Ferienwohnungen in ihrem Haus in Esens und auf der
Insel Spiekeroog vermieten und sind auch von
daher schon bestrebt, für die Touristen als Vor-
zeige-Ostfriesen zu leben. Mikes Eltern jedoch
waren aus dem Sauerland nach Wilhelmshaven

gezogen, um dort im Institut für Meeresphysik an der Fachhochschule zu arbeiten. Sein Vater hatte sich mit Messungstechniken eine Nische in der Wissenschaft gesucht, hatte, auch wenn er sich nicht überarbeitete, als Experte auf seinem Gebiet gegolten, während seine Mutter über Beziehungen mit ihrer Speditionskauffrau-Lehre als Verwaltungsangestellte im selben Institut hatte arbeiten dürfen. So richtig Bezug zur Küste hatten sie nie bekommen, lebten gut und zufrieden in Wilhelmshaven, wollten auch nicht nach Medebach zurück, aber Einheimische waren sie nicht. Und das hatte sich auch irgendwie auf ihre beiden Jungen, Mike und seinen Bruder Ingo, übertragen.

Antje wirft sich in einen der Sessel, die aus ästhetischen Gründen und nicht etwa zum Schutz vor Abnutzung mit Überwürfen eines schwedischen Möbelhauses versehen sind, und streckt die Beine weit von sich. „Post von Muttern", verkündet sie und breitet den Inhalt eines Päckchens vor den vier Männern aus. „Bedient euch", damit verweist sie auf eine Packung holländischer Sirupwaffeln, die sie zusammen mit einem

Pfund Tee ostfriesischer Mischung eines Emder Teekontors auf den Tisch stellt. Holländische Sirupwaffeln – das ist nun für Mike wirklich der Inbegriff des Schlemmens, die süßeste Versuchung, die es nur geben kann, und für Antjes Mutter leicht zu bekommen, da der nächste Supermarkt in den Niederlanden von Jengum aus fast in Fahrradentfernung liegt.

Zwischen silberner Tee- und goldener Waffelpackung steckt ein Zeitungsausschnitt.

„Was'n das hier?", fragt Mike. Er liest, kann sich aber die Relevanz des Inhalts für Antje oder gar die Ostfriesen-WG nicht erklären.

Antje wirft einen Blick auf den Artikel: „Ach, du dickes Ei! Wollt ihr wissen, wie es meinem Ex-Mitschüler Noah geht?" –

„Wer ist Noah?", fragt Ole. „Und warum sollte das in der Zeitung stehen?"

Antje lächelt: „Gute Frage, das wüssten viele Leute im Rheiderland auch gern. Also Noahs Mutter, Elke Willms, die ist Lokal-Redakteurin in unserem 'Rheiderländer Anzeiger'. Und die schreibt jeden Samstag, so lange ich lesen kann, immer eine Kolumne auf Seite 3. 'Kinder, Kinder' heißt die Serie, und in der erzählt sie seit Jahren von ihren eigenen Kids: mal was Lustiges, aber manchmal auch, was sie aufregt oder zum Nachdenken gebracht hat. Blaue Briefe, Stress mit den Nachbarskindern – ganz Jengum ist immer fast live dabei. Alle bei uns im Dorf haben immer gewusst, ob Noah sich bei seiner Patentante gut benommen hat und wann's wieder Streit ums Flöteüben gab." –

„Ja, ätzend so was", schaltet sich Bernd ein, einer der WG-Männer, seit einigen Jahren freier Mitarbeiter im Regionalstudio eines privaten niedersächsischen Rundfunksenders. „Aber auch total 'in' seit einigen Jahren."

Bernd berichtet von Journalisten-Kollegen, die ebenfalls derart private Kolumnen verfassen:

„Einige finden das total geil, kommen sich irre wichtig vor. Andere machen das, weil der Chefredakteur solche Einblicke ins Privatleben will, so von wegen persönliche Beziehung der Leser zu ihren Redakteuren, weißt du?" –

„Aber will denn wirklich jemand wissen, was Mutter Willms aus dem Rheiderland mit ihren Kindern zu verhackstücken hat?", fragt Ole ungläubig. „Also, bei unserer Lokalzeitung in Aurich gab's das nicht. Beamtenstadt, wohl etwas seriöser." –

„Bei uns in Wilhelmshaven gab's immer Reisetipps: Die schönsten Hotels der Welt, jeden Samstag, und mein Vater kannte den Schreiber von dieser Rubrik und der war noch nie weiter weg gewesen als Oldenburg!", weiß Mike zu berichten.

„Naja, das wirklich Peinliche ist doch aber, wenn die Kinder größer sind und mal drüber nachdenken, was die Mutter da verzapft hat", meint Ole.

„Ja", stimmt Antje zu, „dieser Verrat für ein bisschen Ruhm und Knete – das hat auch Noah immer total genervt. Das Beste war, als unsere Deutschlehrerin vor einer Klassenarbeit Noahs Federetui völlig ausgeräumt hat, weil seine Mutter am Vortag was von Spickzetteln geschrieben hat." –

„Und hat sie einen gefunden?", fragt Bernd.

„Natürlich nicht", antwortet Antje, „aber der war natürlich trotzdem total aus dem Häuschen!"

Ole weiß von seiner Tante zu berichten, die in einer Münchner Eltern-und-Kind-Zeitschrift regelmäßig von den Entwicklungsschritten ihrer Töchter schreibt: ob Claire schon allein aufräumen kann oder Jenny morgens im Kindergarten beim Abschied noch brüllt.

„Meine Mutter sagt immer, die Ärmsten werden das noch verfluchen. Stellt Euch vor, die kreuzen beim Krankenkassen-Antrag an: 'Keine psychischen Probleme' und der Sachbearbeiter hält ihnen einen Ausdruck aus dem Online-Archiv vor die Nase – mit dem Artikel ihrer Mutter: Wie ich mit dem Einnässen meiner vierjährigen Tochter umgehe."

„Wahrscheinlich kommt sich so eine Tussi dann auch noch total aufklärerisch und intellektuell vor. Aber ich brauche keine Belehrung von irgend'ner Germanistin, die auch nicht mehr Psycho-Wissen hat als ich!"

Jetzt schaltet sich Lukas ein, Soziologie-Student im 5. Semester.

„Genau solche Journalistinnen oder die sich dafür halten, die reden dann mit Abscheu über diese ganzen Talk-Shows in den Hausfrauen-Kanälen, Super-RTL und Hartz-TV, wo sich die Leute freiwillig die Blöße geben. Denkt mal an all diese asozialen Themen: meine Oma schnarcht, die Neurodermitis meiner Mutter ekelt mich an, und all dieser Mist. Das hat wahnsinnig zugenommen in den letzten Jahren."

Bernd bestätigt das: „Das ufert echt aus. Früher fand man es abartig, das Private öffentlich zu machen, sich mit den intimsten Dingen vor die Kamera zu stellen. Irgendwann vor einigen Jahren ist das umgekippt – heute will jeder ins Fernsehen, um jeden Preis. Aber da hängen ja auch Familie oder Freunde dran, die mit in die Öffentlichkeit gezerrt werden. Schlammschlachten. Und die Leute denken auch noch, sie werden dabei berühmt."

Lukas ist sich sicher: Dieser Drang in die Öffentlichkeit ist ansteckend. Was früher nur wenige Promis wollten, im Rampenlicht stehen und so, will heute jeder. „Nur nicht verloren gehen in der Masse!" Und während das Prekariat mit Intimitäten schocken müsse, versuchten es die Akademiker in den Journalen unter dem Etikett 'Information und Aufklärung', aber auch das sei doch nur verbrämte Selbstdarstellerei in feuilletonistischen Formaten.

Keinem der Anwesenden fällt auf, dass Mike sich bei dieser Diskussion merkwürdig zurückhält und dass ja das Zurschaustellen seiner selbst auch genau Mikes Thema ist.

„Wofür haltet ihr euch eigentlich, dass ihr eure Privatsphäre so wichtig nehmt?", fragt er plötzlich, steht abrupt auf und verlässt die Wohnküche Richtung Garderobe. Zwei Minuten später steht er mit hochgeklapptem Mantelkragen vor dem Haus, weiß nicht wirklich, wohin er eigentlich will, und schlendert unentschlossen grob in Richtung Universität.

18

Hannas Bericht

Mike konnte sich nicht dazu durchringen, dass ich das Kind bekommen sollte. Natürlich hätte es all unsere Zukunftsplanungen auf den Kopf gestellt. OK, ich bin sicher auch eher ein Familienmensch als Mike, keine Frage, aber er konnte sich das überhaupt nicht vorstellen, mit Kind, mit Frau, ohne seine künstlerische Unabhängigkeit mit seiner Theatergruppe. Das Gespräch Anfang März verlief völlig ätzend. Ich ahnte ja schon, dass es ein schwieriges Gespräch werden würde, aber trotzdem hatte ich versucht, eine entspannte Atmosphäre zu schaffen, in der wir in Ruhe nachdenken, überlegen, abwägen konnten, in der er auch seinen Gefühlen nachspüren konnte. Aber als ich es ihm erzählt hatte, geriet er fast in Panik. Das ginge ja gar nicht, und wie ich mir das denn vorstellte, und was ich denn von ihm erwarten würde und so weiter. Dabei wusste er das doch ohnehin schon alles. War ja schließlich nicht so, dass wir noch nie darüber gesprochen hätten, so als Gedankenspiel. Und natürlich

wusste er, dass Kinder durchaus zu meinem Lebens-
plan gehörten. Das hatte er schon immer schwierig gefunden. Künstlertum und spießiges Familienleben,
das konnte er sich nur schwer vorstellen. Aber an diesem Abend, da hat er sich wohl die Pistole auf die
Brust gesetzt gefühlt, und da stellte er dann solche
Ideen als völlig abartig hin. Wie man denn kreativ
sein könne, wenn man immer nur ans Windelwech-
seln denken müsste, und wie das denn mit Tourneen
gehen sollte, wenn man seine Blagen nirgends abge-
ben könnte. Und dann hat er sich auch noch dazu ver-
stiegen, mir eine Landesbühnen-Beamten-Mentalität
vorzuwerfen, und ich hätte ja keine Ahnung, was er
als Theatermacher aufgeben müsse, wenn er für Frau
und Kind … und so weiter und so fort.

Heute weiß ich natürlich, welche Panik das in ihm
ausgelöst haben muss, diese Angst um seine Theater-
Karriere, vielleicht war das sogar Ausdruck einer be-
ginnenden Midlife-Crisis. Auf den Professorentitel
war er ja eigentlich gar nicht so stolz, ihm wäre es ja
viel wichtiger, wenn mal auf seinem Grabstein
stünde, was für ein bedeutender Künstler er gewesen
war. Naja, so richtig weit hat er es als Künstler ja
nicht geschafft – damals nicht und bis heute nicht.
Hier und da mal ein Theatertreffen, mal ein kleiner

Bericht in einer Kultursendung im öffentlich-rechtlichen Fernsehen. Aber irgendwie muss ihm an diesem Abend klar geworden sein, dass ihm das einfach noch nicht reichte. Er hat dann dauernd mit Schlingensief argumentiert, der habe ja auch zeitgemäßes großes Theater gemacht und dabei auch noch bekannt und populär, und schon so früh gestorben und so.

Mir war natürlich total elend, da brach ja für mich auch eine ganze Welt zusammen. Ich ärgere ich mich auch noch heute, dass ich tatsächlich fast 18 Jahre mit diesem Menschen verbracht habe ohne ihn wirklich zu kennen, ohne zu kapieren, dass Mike über Leichen gehen würde, um seinen künstlerischen Weg zu gehen.

Ich weiß auch nicht, warum ich mir immer was vorgemacht habe. Ich weiß, ich wollte immer mit ihm leben, ich fand auch diese Kombination aus akademischem Beruf und künstlerischer Spielerei ziemlich attraktiv. Ich habe mich ja eigentlich immer mehr als die Künstlerin gesehen, und ihn als den zielstrebigen Akademiker. Und jetzt wurde plötzlich klar, dass er mich eher als sein Groupie gesehen hatte, meine Hochachtung vor seinen künstlerischen Experimenten hatte ihn angemacht, er sah mich als traditionelle Theatermacherin, und sich selbst als innovatives Genie.

Er ist einfach rausgegangen und hat mich heulend und zitternd sitzengelassen. Ich kann mir nicht vorstellen, dass er gar keine Gefühle für mich hatte. Wahrscheinlich fühlte er sich einfach überfordert.

Aber selbst später, als die Schwangerschaft kein Thema mehr war, da hat er nie mehr darüber gesprochen; ich war auch allein in der Klinik, und er hat nie danach gefragt, wie es mir ging.

Wenn ich jetzt so darüber nachdenke, hat er ja nicht nur mich geopfert auf dem Altar seines künstlerischen Schaffens. Wenn das mit dem Luther-Stück geklappt hätte, dann hätte er ja alle Familiengeschichten, alles, was seinen Eltern und seinem Bruder wichtig und heilig war, auch so in den Dreck gezogen.

19

Anfang Juni 2011

Schwester Felicitas hat einige Wochen gebraucht, um sich darüber klar zu werden, was sie will. Sie sitzt in ihrer Klosterzelle und wägt in Gedanken die vielen Für und Wider ab. Soll sie sich auf so eine Theateraktion mit ihrem Neffen einlassen?

Klar ist ihr: Sie kann das. Erfahrung mit Auftritten hat sie ja schon, vom Flötenvorspiel in Kindertagen, über Weihnachts-Krippenspiele bis hin zu der Fernsehshow in den frühen 80ern. Mein Gott, das ist nun auch schon wieder fast dreißig Jahre her! Damals waren die Zeiten für das Kloster alles andere als rosig gewesen: Geld war knapp, es fehlte an Nachwuchs. Die Oberin hatte sie ausdrücklich ermuntert, sich bei dem Familienquiz zu bewerben: Gute Reklame sei das fürs Kloster, für die katholische Kirche überhaupt, wenn eine Nonne auch mal in einer Unterhaltungsshow auftrete, – da werde der Bischof schon nichts dagegen haben.

Aber dies hier, das ist natürlich was anderes. Hier geht es nicht um Allgemeinwissen, Spontanität beim Erkennen von Operettenmelodien, schnelle Reaktion beim Bilderpuzzle oder die stärksten Nerven beim Erraten irgendwelcher geschichtlicher Ereignisse, sondern – je nachdem, wie ernst man Mikes künstlerisches Konzept nahm – schon um sehr persönliche, geradezu intime Fragen. Und jünger ist sie ja auch nicht geworden seitdem.

Aber eines ist ebenso klar: Felicitas reizt dieses Projekt, sie ist geradezu euphorisch.

Was sie beunruhigt, ist eher die Frage, was sie wirklich in ihrem tiefsten Inneren bewegt, warum sie eigentlich Lust auf dieses Abenteuer hat. Will sie ihren Neffen unterstützen, will sie beitragen zu einer wünschenswerten Auseinandersetzung mit dem Glauben, will sie Familiengeschichte aufarbeiten, hofft sie auf eine finanzielle Spritze fürs Kloster? Oder ist das Ganze etwa reine Eitelkeit? Das muss sie sich ernsthaft fragen, denn dies wird die erste Frage sein, die ihr auch die Oberin stellen wird, und da muss sie sich schon ein paar gute Antworten zurechtlegen.

Und natürlich die Familie. Was werden die anderen sagen, wenn sie sich schon wieder in der Öffentlichkeit darstellt, „exponiert" wird ihr Bruder Siegfried sagen, wird fragen: „Hast du nichts Besseres zu tun? Bist du nicht ausgelastet?", oder schlimmer noch: „Ich hab's ja immer gewusst, dass das mit dem Kloster keine gute Idee war, das ist nichts für dich, so weltabgeschieden. Aber nun hast du dich einmal entschieden, jetzt benimm dich auch entsprechend." So in der Art. Wie er sie in ihrer Zeit als Novizin bekniet hatte, sich alles noch einmal zu überlegen! Sie würde doch sicher einen Beruf finden, der sie ausfüllen könnte (das schlechte Gewissen, weil er hatte studieren dürfen!), sie würde einen Mann kennenlernen und dann ihre Entscheidung bereuen und so weiter. Als sie sich dann durchgesetzt hatte, wirklich in den Orden aufgenommen worden war, da hatte er dann völlig umgeschwenkt und schien so stolz auf seine Schwester, aber eigentlich folgte er darin, wie in so vielem, nur seiner Mutter. Deren Liebling war er ja schon immer gewesen, um ihn hatte sich zwischen den zwei Schwestern alles gedreht. Vaters Stammhalter, Mutters kleiner verwöhnter Prinz. Kein Wunder vielleicht, hatte doch die Mutter jahrelang ohne den Vater die Familie durchbringen müssen, damals in der schlechten Zeit.

Und Edeltraud, ihre Schwester, wie würde die reagieren? Die immer alles schluckte, gern alles unter den Teppich kehrte, was nach außen hin einen schlechten Eindruck machte, aber in der Tiefe ihrer Seele ja auch so gerne einmal alle Fesseln gesprengt hätte. Damals, als ihr Mann sie betrog, als ihr Sohn jahrelang keine Freundin fand und die ganze Kleinstadt munkelte, er sei nicht ganz normal. Oder auch schon früher, in ihrer Kindheit, als der kleine Siegfried nicht erfahren durfte, was der Schwester damals auf dem Weg von der Schule nach Hause zugestoßen war. Und keiner in der Schule hatte erfahren dürfen, dass Siegfried sich dann später – wie peinlich! – als Totengräber sein Taschengeld verdiente.

Müsste sie nicht auf all diese Empfindlichkeiten Rücksicht nehmen? Aber geht es andererseits nicht um eine Sache, die viel mehr bedeutet als ein paar persönliche Erinnerungen? Schließlich ist Mike nicht irgendwer. Zwar kein Superstar, nicht ständig in den Medien, nicht mal dauernd im Feuilleton, aber immerhin doch mit einem gewissen Bekanntheitsgrad, so dass man die Möglichkeit, hier für den Glauben zu werben, nicht von vorneherein ausschließen darf.

Was also ist zu tun? Erstmal Mike anrufen, Bescheid sagen, dass sie mitmachen wird, Termine verabreden, die Oberin informieren, Schwester Ricarda einweisen, damit die für ein paar Tage ihre Arbeit mit übernehmen kann.

Seufzend erhebt sich Felicitas von ihrem Bett und steuert das Büro der Oberin an.

20

Hannas Bericht

Die Zeit nach dem Verlust des Kindes war entsetzlich. Ich habe mich ausgebrannt gefühlt, leer, allein gelassen, von Mike verraten und völlig unnütz. Statt mir zu helfen, diese Situation irgendwie durchzustehen, war er völlig in sein Projekt vertieft. Etwas anderes zählte für ihn überhaupt nicht. Warum ich es mir damals überhaupt noch angetan habe, ihn zu sehen, ihn sogar zu unterstützen mit seinem verfluchten Familiendreck, das weiß ich bis heute nicht. Irgendwie scheint er die Saite in mir zum Klingen gebracht zu haben, die zuständig ist für das Machen, das Gestalten; vielleicht war es auch ein wenig Stolz und irgend sowas wie Solidarität unter Künstlern. Das Persönliche konnte ich allen Ernstes zurückstellen. Wie das gehen konnte, verstehe ich heute nicht mehr.

21

August 2011

Die Proben laufen auf Hochtouren. Mike hat erstmals zusätzliche Leute engagiert, dies wird ein großes Stück, das spürt er, größer als alles, was LiLiTOp jemals vorher gemacht hat. Also lohnt es sich, einen Bühnenarbeiter zu bezahlen, der jetzt für einige Wochen zur Verfügung steht, ein arbeitsloser Tischler, der – schwarz bezahlt, aus Mikes eigenem Privatvermögen – ein Bühnenbild baut, aber auch die Beleuchtung übernimmt und noch ein paar technische Abläufe, alles Dinge, die die fünf Performer sonst immer selbst übernommen haben. Doch Mike ahnt, dass mit dem bevorstehenden Semester ab Oktober, der anstehenden Veröffentlichung eines Artikels in einem Sammelband zur Hamburger Dramaturgie und den bereits feststehenden Aufführungen des Stücks nicht mehr alles von den fünfen selbst geschafft werden kann. Termine in Hamburg und Berlin sind bereits fest gebucht, die Berliner „Hebebühne" und die Hamburger

„Kulturfabrik" haben die Performance schon längst angekündigt, da gibt es kein Zurück mehr. Also muss nun in die Hände gespuckt werden, der 1. November, der Tag der Uraufführung, wird schneller vor der Tür stehen, als allen lieb ist. Eigentlich ein blöder Termin, mitten in der Woche und einen Tag nach dem Reformationstag, aber das hatte sich wegen des Spielplans der „Hebebühne" nicht anders einrichten lassen.

Trotz des wunderschönen Sommerwetters sitzen also alle im „Theater im OP", jeder einen Laptop auf dem Schoß, zwischendurch immer mal wieder Ideen für griffige Formulierungen festhaltend, historische Hintergründe im Internet recherchierend, Textpassagen hin- und herschiebend.

Zu neunt sitzen sie hier: neben den Hauptakteuren Mike, Wally, Rea Silvia, Bastian und Tina nun also auch der Handwerker Sven und drei Angehörige der Performer: neben Mikes Tante Felicitas haben sich noch Reas Vater und der alte reformierte Pastor, der einst Bastian konfirmiert hat, bereit erklärt, an der Konzeption des Stücks mitzuwirken. Nicht ganz klar ist, ob sich alle drei auch auf die Bühne stellen wollen, die drei, deren Aufgabe noch nicht wirklich benannt werden kann: Laien? Nun ja, als Schauspieler oder Performer mögen sie Laien sein, theologisch gesehen trifft nun dieser Begriff nicht zu, denn Felicitas als Nonne und Pastor Hirsch sind natürlich ordiniert und Teil der Kirche, und Reas Vater ist immerhin im Kirchenvorstand; und letzten Endes sind natürlich auch vier der fünf Performer keine ausgebildeten, zumindest keine diplomierten Schauspieler.

Wer wirklich im Stück auftreten wird, ist also noch nicht entschieden: Felicitas hat bereits zugesagt, wenn auch unter Vorbehalt. Noch skeptischer sind Reas Vater und der alte Pastor. Die unabsehbaren Folgen einer Veröffentlichung und der eigenen Zurschaustellung machen den beiden Sorge.

Aber zunächst muss das Stück als solches hergestellt werden. Wie anfangen, welchen Einstieg wählen? Worauf soll das Ganze eigentlich hinauslaufen?

Mike hat schon eine Idee entwickelt.

„Also, wir ziehen den dritten Teil des Stücks an den Thesen von Luther auf, die Frage nach Sünde und Vergebung. Jeder von uns bringt seine eigenen Erfahrungen ein, die er oder sie mit bestimmten Themen gemacht hat, Fragen, Ängste, Ablehnungen oder auch gute und schöne Sachen. Die versuchen wir dann aufeinander zu beziehen und eine Dramaturgie zu entwickeln, die den Zuschauer mitnimmt in die Hochgefühle und Abstürze, wie bei allen unseren Stücken.

Ich habe übrigens auch schon über einen Titel für das Stück nachgedacht: Dieser Teil mit den Thesen ist der Hauptteil des Stücks; und Luther gab Zeugnis, also ein Testat, von seinem Glauben, und er hofft, dass die Gläubigen ihm darin folgen, wie in einer Art Testament, und das tun wir mit unseren Lebensgeschichten. Also: die Thesen als Testament und Testat – versteht ihr das Wortspiel? Dreimal 'T'! Wie findet ihr das: 'Thesen – Testament – Testat von LiLiTOp'? „

Die anderen sind gedanklich noch nicht so weit, dass sie sich schon über einen Titel Gedanken

machen könnten und wollen erst mal diskutie-
ren, was denn inhaltlich so passieren soll.

„Gut, dann gehen wir mal die Thesen durch und
jeder äußert seine Assoziationen. Wir müssen
natürlich nicht zu jeder These was machen, nur
zu den zentralen oder denen, die für uns wichtig
sind. Ich les' dann mal vor: 'Die 95 Thesen'. Also,
da gibt es erst mal eine kleine Vorrede, in der Luther zu einer Diskussion einlädt, er nennt das
'disputieren' und 'debattieren' und dann kommt
These 1: „Da unser Herr und Meister Jesus Christus spricht 'Tut Buße' usw. usw.... , dass das
ganze Leben der Gläubigen Buße sein soll. 2. Da
geht es um Buße und Beichte, die durch das
priesterliche Amt 'verwaltet' wird, 'verwaltet' ist
ja auch ein starkes Wort, Kirche 'verwaltet' also
unsere Sünden. So, wo war ich? O.K, These 3,
jetzt kommt's: Das bezieht sich nicht nur auf eine
innere Buße, ja eine solche wäre gar keine, wenn
sie nicht nach außen mancherlei Werke – Ach-
tung: zur Abtötung des Fleisches bewirkte." –
„Stopp mal", unterbricht ihn Rea Silvia mit einem Riesenhappen Schokoriegel im Mund,
schluckt schnell runter und fragt dann: „Ist das

nicht genau das, was die Leute an der Kirche so hassen? 'Abtötung des Fleisches', diese Leugnung der Lust und so, das hat mich immer abgeschreckt. Schon als Kind hat meine Mutter mich ständig ermahnt, nicht immer sofort alles zu tun und haben zu wollen, was mir so in den Kopf kam und dann hat sie gesagt: Gott will auch, dass du mal verzichten kannst, du musst mal bewusst verzichten, sonst kommste nicht in den Himmel." Alle denken, was aber keiner ausspricht: Hätte Muttern damals nicht so rigide Verbote ausgesprochen, müsste Rea Silvia jetzt nicht so viel fressen. Aber auch unter Ausklammerung der Diskussion über Reas orale Phase ergibt sich ein guter Einstieg über allerlei theologische Fragen, und da ist es gut, einen studierten Theologen dabei zu haben, der das eine oder andere ins rechte Licht setzt, aus der geschichtlichen Situation heraus erklärt und Zusammenhänge aufzeigen kann.

Dann geht's um den Papst, um Leben und Sterben und dazu eine Menge erster Ideen und Vorschläge, was dazu zu sagen und zu spielen wäre.

Und dann kommt die 7. These, deren Bedeutung in diesem Augenblick noch keiner einzuschätzen vermag: „Gott erlässt überhaupt keinem die Schuld, ohne ihn zugleich demütig in allem dem Priester, seinem Stellvertreter, zu unterwerfen", liest Mike und fügt sofort an: „Diese Stellvertreter-Geschichte, das ist doch der Knackpunkt. Kein Hirte, kein Diener der Gemeinde, sondern der Stellvertreter Gottes, der Boss, dem sich alle zu unterwerfen haben – so hat die katholische Kirche die Aufgabe des Pfarrers gesehen und so sehen die das doch heute auch noch. Und unterwerfen sollte man sich dem. Nicht hinterfragen und die Klappe halten. Undine, sag du mal was dazu. … Undine?" – Schwester Felicitas weiß, was jetzt kommt, und sie sagt: „Mike, das werden wir nicht thematisieren."

22

Brief von Pastor Hirsch an Hanna

Northeim, den 21. Dezember 2011

Liebe Hanna,

die Ereignisse, die uns alle so erschüttert haben, liegen nun über zwei Monate zurück, und oft ist mir, als sei alles noch ganz frisch und erst eben geschehen, dann wieder scheinen mir Jahre seit all dem vergangen. Ich hörte von Bastian, dessen Eltern ja in meiner alten Gemeinde wohnen, Sie hätten sich zurückgezogen, ins Kloster zu Schwester Felicitas, das ist sicher unter den gegebenen Umständen eine gute Entscheidung. So können Sie Abstand gewinnen, sich auf sich selbst besinnen, und haben doch gleichzeitig in der Schwester eine Gesprächspartnerin, die Ihre Gefühle und Ihre Stimmungen einzuordnen weiß, die sicher in vielen Dingen Ihre inneren Erlebnisse teilen kann, die äußeren ja ohnehin.

Wie soll ich anknüpfen an unsere gemeinsamen Tage? Nun, Ihre damaligen skeptischen Bemerkungen gegenüber der Theaterarbeit von Mike Moltke gibt mir die Sicherheit, dass Sie meine Kontaktaufnahme nicht als Besserwisserei werten werden. Es ist mir aber ein Bedürfnis, Ihnen im Nachhinein einige Gedanken zu schreiben, die mir im Laufe der Auseinandersetzung mit dem Theaterprojekt gekommen sind.

Ich höre in meiner Umgebung so oft den Begriff der Authentizität. Alles soll authentisch sein. Nicht nur unser Theaterstück, bei dem ich beinahe mitgewirkt hätte. Politiker, Konzernchefs – alle sagen, die Authentizität sei das neue Paradigma unserer Zeit. Zwar hält sich keiner dran, viele spielen nur Authentizität vor und wundern sich, wenn sie für ihre durchschaubaren Schmierenkomödien keinen Applaus bekommen. Jedes Machwerk, ob Buch, ob Film, ob Schlager, wird, wenn es auch nur entfernt authentisch klingt, von vornerein in den Himmel gelobt. Und dennoch wundern sich gerade die Kulturellen, wenn das einfache Volk diesem Trend folgt und alles, was es erlebt, was es liebt oder hasst, unmittelbar ins Internet stellt, damit alle es lesen und sehen können. Sie sehen, ich habe mich schlau gemacht (bei meinem Enkel) und finde es erbärmlich, was seine Freunde (und ich muss es gestehen: auch er) ver-öffentlichen (Sie wissen, die Vorsilbe 'ver-' gibt den Verben oft eine negative Komponente wie bei ver-biegen, ver-lassen, ver-bieten.). Selbst die intimsten Dinge, die Verliebtheit, das erste Treffen mit einem Mädchen, die ersten Zweifel an der großen Liebe usw. usw. werden von den jungen Leuten öffentlich besprochen, diskutiert und so zu einer öffentlichen Veranstaltung. In diesem Zusammenhang fällt auch – ist Ihnen das auch schon aufgefallen? – immer öfter der Begriff der Transparenz. Alles soll transparent sein, erkennbar, durchschaubar. Gut, bei politischen Entscheidungen mag das angemessen sein, vor allem in Demokratien - obwohl ich auch hier Grenzen sehe, die Diplomatie und Verhandlungsdelegationen schützen sollten. Unsere niederländischen reformierten Glaubensbrüder hatten sogar eine Gardinensteuer, damit alle in die Häuser hineinsehen konnten: „Nichts Intimes, nichts Verbotenes, nichts Unmoralisches passiert hier", sollte das ausdrücken.

Nun steht das Weihnachtsfest vor der Tür, auch damals in Bethlehem wurde alles laut herausposaunt: die Überraschung, die Freude, der Jubel. Aber nicht viel später feiern wir Ostern. Und Ostern ist nicht das Fest der Transparenz. Still, in sich gekehrt, weltabgewandt reagieren die Jünger zunächst auf den Karfreitag. Und was macht Jesus, wenn er am dritten Tage aufersteht? Er zeigt sich den Jüngern, aber nur kurz, ganz unaufdringlich, gibt sich kaum zu erkennen, will nicht, dass ihn die Jünger mit allen Sinnen wahrnehmen. Sehen, nicht berühren (das darf nur Thomas)! Jesus ist trotz des Siegs des Lebens über den Tod mit einer ungeheuren Diskretion am Werke. Er zeigt, was nötig ist, aber nicht mehr. Sofort entzieht er sich wieder der Öffentlichkeit. Vielleicht brauchen wir Menschen heute auch eine Rückbesinnung auf die Diskretion als Wert. Mir war das wohl schon intuitiv seit Längerem deutlich und deshalb bin ich aus der Theatersache ausgestiegen. Aber ich habe lange gebraucht, um die größeren Zusammenhänge zu sehen.

Halten Sie es für eine überdrehte Spinnerei, aber mir fiel eine passende Abwandlung des alten Evangelien-Wortes ein: Denn was hülfe es dem Menschen, wenn er auf den Brettern, die die Welt bedeuten, gewönne und es nähme jemand Schaden an seiner Seele.

Welchen Weg Sie nun auch gehen werden, ich wünsche Ihnen den Segen Gottes und gutes Gelingen. Ich bin sicher, Sie werden es schaffen.

Herzliche Grüße

Ihr Christof Hirsch, P.

23

Hannas Bericht

Ich erinnere mich noch genau an den Tag.

Die Proben wurden – knapp fünf Wochen vor der Premiere - immer stressiger und Mike immer schlechter gelaunt. Pastor Hirsch war inzwischen ausgestiegen, nun mussten die fünf LiLiTOpler mit zwei Laien auskommen, aber auch Rea Silvias Vater Götz schwankte hin und her, mäkelte dauernd am Stück herum, erschien nicht zu Probenterminen, gab Hämorrhoiden, Bluthochdruck oder die Neurodermitis seiner Frau als Gründe an, erschien dann aber doch wieder, mit schlechtem Gewissen, er wisse ja, es stehe und falle nun alles mit ihm, aussteigen sei ja nun in der Tat nicht möglich, aber Mike und die anderen müssten doch bitte verstehen, so einfach sei das alles nicht, die Familie sei nicht gewohnt, dass einer aus ihren Reihen Theater spiele, das sei schon etwas Ausgefallenes, kein wirklich bürgerlicher Beruf, selbst die Kirchengemeinde, in der er zum Kirchenvorstand gehöre, frage schon nach, was er denn da auf der Bühne tun werde, er habe erst einmal abgewiegelt, hoffentlich sähe keiner von seiner Gemeinde das Stück, sonst könne er seinen Posten gleich aufgeben.

Dieses Lamentieren konnte Mike natürlich gar nicht ertragen und es wurde meine Aufgabe, Götz bei der Stange zu halten. Im Stück sollten unter anderem die Auseinandersetzungen im Kirchenvorstand seiner Gemeinde thematisiert werden. Ausgegangen wurde von zwei von Luthers Thesen, in denen es um das Evangelium geht, das die Ersten zu den Letzten macht. So, und daraus ergaben sich für Götz nun die Fragen seines Lebens: Was ist eigentlich wahrer Glauben? Wie fromm muss man sein, um ein Amt in der Kirche innehaben zu können? Ist aufgeklärtes Christentum überhaupt noch Christentum? Götz war ein ziemlich konservativer, er sagte von sich: ein glaubensstarker Mann. Fromm war er, gläubig, fast heilig, ständig im Gespräch mit Jesus Christus. Jede Kleinigkeit diente ihm als Fingerzeig Gottes: die nicht geschaffte Versetzung von Rea Silva in der Schule, die Platzwunde ihres Bruders nach der Schlägerei auf dem Fußballplatz („Siehst du, ich habe immer gesagt, diese Fußballturniere am Sonntag sind Gotteslästerung!"), selbst die verpasste Straßenbahn – alles passierte extra für ihn, als Zeichen, als Hinweis auf irgendetwas, als Warnung und Mahnung. Aber nicht allen Mitgliedern seines Gemeindevorstands saß ständig der Heilige Geist auf der Schulter, da schien es auch aufgeklärtere, kritischere, vor allem auch politischere Leute zu geben, und denen wollte er in Mikes Stück einmal richtig die Leviten lesen. Leider war ihm aber beim Lernen seines Textes das Manuskript in die Badewanne gerutscht und das völlig durchnässte Teil war ihm nun wiederum eine Warnung, an dem Stück mitzuwirken. Also bekniete Mike mich, Seelentröster für Götz zu spielen. Dabei hätte ich in dieser Zeit selbst so einen Tröster gut gebrauchen können, denn ich spürte einen zunehmenden Abstand zwischen Mike und mir. Ich war enttäuscht von seinem Verhalten nach der Abtreibung, aber noch nicht so weit, dass ich die Beziehung grundsätzlich in Frage gestellt hätte.

Naja, das ging dann solange, bis Mike an diesem Tag mit der Geschichte mit Antje rausrückte. Ich empfand das als so niederträchtig, so erniedrigend, ich war wirklich kurz davor, völlig durchzudrehen. Heute, nach all den Gesprächen, erst im Sanatorium und nun hier in Surwold mit Ihnen in meinen Therapiestunden weiß ich natürlich auch, dass Mike nicht ganz bei Trost war. Aber wie er zu mir kam, sagte, Antje erwarte von ihm ein Kind, und mich darum bat, mich um sie kümmern, weil er doch so beschäftigt sei mit dem Stück und nun den Kopf frei haben müsse ... . Ohne jegliche Vorwarnung. Ich hatte nichts gemerkt, nichts geahnt. Mike erklärte mir irgendwas von wegen: ich sei die Liebe seines Lebens gewesen, aber das Mädchen tue ihm gut, halte ihn jung und vielleicht sollte ich auch mal nach jemandem suchen, der besser zu meinem Leben passe als er selbst. Ich muss da im Probenraum ohnmächtig geworden sein, jedenfalls fand ich mich später im Sanitätsraum des Germanistischen Instituts wieder.

Ich bin dann am nächsten Morgen sofort nach Esens zu meinen Eltern gefahren. Ich musste raus aus Oldenburg, und ich wäre auch sicher selbst dann gefahren, wenn für das Wochenende Proben angesetzt gewesen wären. Wir hatten es alle schon merkwürdig gefunden, dass Mike uns nicht mit einem umfangreichen Probenplan konfrontiert hatte, Wochenende plus Feiertag zum Tag der deutschen Einheit, das hätte *doch wunderbar gepasst. Aber Mike hatte den Samstag und Sonntag nicht eingeplant und alle Fragen nur abgewimmelt, als ob es um ein Geheimnis ginge. Mein erster Gedanke damals war natürlich: 'Der will mehr Zeit mit meiner Nachfolgerin verbringen!'*

24

Samstag, 30. September 2011

Ein langes Wochenende liegt vor Ingo Moltke. Der erfolgreiche Unternehmensberater hat sich einfach mal ausgeklinkt. Seine Familie besucht die Eltern seiner Frau in Osnabrück, in seiner Firma hält sich der Stress gerade in Grenzen und Ingo hat ausdrücklich allen gesagt, er werde nicht an sein Handy gehen, er nehme das nur für den Fall eines Unfalls auf See mit, aber Anrufe, schon gar beruflicher Art, verbitte er sich.

An diesem schönen frühherbstlichen Samstagmorgen parkt Ingo also sein Auto in den Janssen-Garagen direkt hinterm Deich von Neuharlingersiel und begibt sich in den Bereich des Hafens, wo die Segelyachten liegen. Ingo hat das Gefühl, dass die an den Stegen befestigten Boote jedes Jahr größer und pompöser werden, und das stützte wieder einmal seine politische Überzeugung, dass die ohnehin gut Verdienenden

ständig ein wenig mehr verdienten. Sein Boot jedenfalls war mal eines der größeren hier im Ha-
fen gewesen, jetzt ist es reines Mittelmaß. Nicht,
dass Ingo deswegen Minderwertigkeitsgefühle
bekäme, im Gegenteil, sein Boot, die „Sielnixe
II", einst gebraucht gekauft, war ihm anfangs eigentlich eine Nummer zu groß, kam ihm ange-
berisch vor. Davon kann nun nicht mehr die
Rede sein.

Ingo schiebt die Sackkarre mit den Kisten und
Kästen mit Lebensmitteln und einigem techni-
schen Kram vorsichtig durch das Tor zum Pri-
vatsteg des Yachtclubs. Allein der Anblick seines
Bootes bedeutet eigentlich immer sofort Entspannung, Urlaub, Auszeit vom Berufsalltag.
Heute ist das alles ein bisschen anders: Ein Segeltörn zusammen mit seinem Bruder wird anstren-
gender als jede berufliche Aufgabe. Immer wieder gibt es Versuche, durch gemeinsame Unter-
nehmungen ein bisschen familiäres Zusammen-
gehörigkeitsgefühl zu schaffen, aber meistens
gibt es doch Unstimmigkeiten, Enttäuschungen,
Verletzungen. Irgendwie tauchen immer wieder
Fronten auf, an denen entlang sich die beiden

Brüder befehden müssen. Immer wieder gelingt es, Themen zu finden, die alte Wunden aufreißen. Und diesmal der Anruf von Mike, er wolle sich mit ihm treffen, um etwas zu besprechen, was am Telefon schwierig sei. Das kann ja nicht gutgehen. Streit scheint vorprogrammiert. Trotz Urlaub und Vorfreude aufs Segeln ist Ingo nervös. Noch bevor er alle Sachen, die er mitgebracht hat, im Boot verstaut, genehmigt er sich erst einmal einen guten ostfriesischen Doornkaat.

Eine gute halbe Stunde später trifft Mike ein.

Nach Hannas Ohnmachtsanfall am Donnerstag war er doch einigermaßen verwirrt, hatte die ganze Nacht mit Selbstgesprächen und Rechtfertigungen verbracht, den Vormittag verschlafen, hatte dann seine Sachen gepackt und sich auf den Weg gemacht. Hatte überlegt, bei seinen Eltern in Wilhelmshaven Station zu machen, was er dann doch nicht tat, wollte von Wilhelmshaven nach Neuharlingersiel, war dann aber letztlich in Esens hängengeblieben, wo er sich ein Rad leihen wollte, um die Küstenstraße entlang nach Neuharlingersiel zu fahren. Doch aufgrund mangelnder Planung war es dafür schon zu spät: Der Fahrradhändler hatte natürlich schon geschlossen, und so war er im Hotel „Zum Bären" geblieben und hatte der Versuchung widerstanden, Hannas Eltern zu besuchen. Hannas Elternhaus, das hatte ihm immer ein Stück ostfriesisches Familiengefühl gegeben. Klar, er war nie wirklich Teil davon gewesen, aber er hatte es immer genossen – aus sauerländischer Familie stammend –, als Betrachter daran teilzuhaben.

Natürlich hatte er erkannt, dass vorgestern bei der Probe und dem Gespräch mit Hanna über Antje und ihre Schwangerschaft etwas endgültig zerbrochen war. Dieser Zusammenbruch, den er nicht ertragen konnte. Und Gottseidank hatten sich ja Wally, Tina und die anderen Frauen aus der Gruppe um sie gekümmert. Aber Hanna schien die Beziehung, die in seinem Bewusstsein schon lange Kratzer bekommen hatte, ja noch anders eingeschätzt zu haben. Dabei war es doch eigentlich sie gewesen, die ihr Leben in Bahnen gelenkt hatte, die der großen Liebe Stück für Stück Risse zugefügt hatten: Hanna mit ihrem beschissenen Berlin, dem Kindertheater, der Wochentags-Beziehung (andere Menschen hatten Wochenend-Beziehungen, die Theaterleute aber hatten von Freitag bis Sonntag Hochkonjunktur). In Antje hatte er nun endlich einmal eine Frau an seiner Seite, die ihn bedingungslos akzeptierte, seine Nähe suchte, sich – er musste sich eingestehen, auch das zu genießen: – ihm beinahe bedingungslos unterordnete. Und so hatte Hanna ja leider nicht mit ihm leben wollen. Sie war schon immer gleich stark gewesen, im gemeinsamen Studium, dann in der Dickköpfigkeit, welcher Karriereweg einzuschlagen sei. Offenbar ist eine gleichberechtigte Partnerschaft unter Künstlern schwierig. Und so hatte sich auch Hanna immer ein bisschen mehr selbstständig gemacht, ihre Theaterkarriere über das Privatleben gestellt und damit letztlich die Beziehung kaputt gemacht. Umso erstaunter war er gewesen, als Hanna bei der Mitteilung, Antje sei schwanger, zusammengeklappt war. Hatte sie immer noch Hoffnung auf eine gemeinsame Zukunft gehabt, die für beide befriedigend wäre? Waren sie nicht in den letzten Monaten mehr und mehr auf ein freundschaftlich-kollegiales Verhältnis zurückgefahren? Hatte sie das wirklich so viel anders eingeschätzt als er? Moltke schwankte zwischen dem Ärger, dass das Ende dieser Beziehung sich so theatralisch gestaltete, und der verschmitzten Freude an der neuen Beziehung zu Antje, die ja zunächst oft in seiner Wohngemeinschaft gewesen war, gelegentlich auch ohne Oles Anwesenheit, aber schließlich hatten sie sich dann doch eher bei ihr getroffen, im Studentenwohnheim, in das er sich heimlich schlich, um nicht von irgendwelchen Deutschstudenten erkannt zu werden.

Wie auch immer: Ein Besuch bei Hannas Eltern kam so oder so nicht in Frage, wäre irgendwie unangemessen gewesen, das war ihm klar: entweder würde es eine Art Abschiedsbesuch, der ihm aber nicht zustand, solange Hanna ihre Eltern vielleicht noch gar nicht informiert hatte, oder aber ein vorgeblich spontanes 'Rinkieken', wie die Ostfriesen sagten, aber das hätte auch danebengehen können, falls Hanna ihre Eltern schon über das Ende ihrer Beziehung informiert hatte.

Als Mike bis vor den Bootssteg radelt, spürt Ingo einen Stich in der Magengegend. Vor Selbstgefälligkeit strotzend kommt er ihm nun mit seinen beiden Fahrradtaschen entgegen. Einen Bruder wünscht man sich anders. Dass sie sich noch nie so richtig gut verstanden haben, hat nicht nur mit den sechs Jahren Altersunterschied zu tun. Mike, das betüdelte Nesthäkchen, hatte es immer leichter gehabt, die Eltern um den Finger zu wickeln. Aber nicht genug damit, dass er immer alles bekam, was er wollte: Er ließ Ingo dann auch oft noch seine Triumphe spüren. Manchmal hatte Ingo das Gefühl gehabt, Mike habe nur Dinge oder Aktivitäten eingefordert, um seinem Bruder zu zeigen, welche Macht er über die Eltern hatte. Um die Sache selbst war es oft gar nicht gegangen. Ob Carrera-Bahn, die Ausflüge in den Vogelpark Walsrode, die Wahl des Weihnachts-Essens: der Kleine bekam, was er wollte – oder genauer: er bekam immer das, was Ingo nicht wollte. Die Geschichte mit der Wahl der

Kinderzimmer hatte dem Ganzen dann schließlich die Krone aufgesetzt: Nach einer Klassenfahrt in die Bayerischen Alpen war Ingo nach Hause gekommen und musste erfahren, dass die Eltern die beiden Zimmer der Jungen getauscht hatten: „Mike ist doch noch klein, der braucht doch das größere Zimmer zum Toben", hatte seine Mutter mit merklich schlechtem Gewissen erklärt, denn ihr war schon klar, welchen Vertrauensbruch die Eltern sich da geleistet hatten. Der Vater hatte die ganze Aktion gar nicht weiter kommentiert und nur darüber geschimpft, wie viel Mühe ihn das Umräumen gekostet hatte und wie unordentlich Ingo sein Zimmer vor der Klassenfahrt hinterlassen hatte. Seitdem war für Ingo klar gewesen, dass in dieser Familie nach Ansicht von Eltern und Bruder eigentlich einer zu viel hier wohnte. Seine Eltern hätten das nie so deutlich gesagt, nicht einmal bewusst zu denken gewagt, aber seit diesem Tag lernte Ingo mehr und mehr zwischen den Zeilen zu lesen, die Hintergründe der Handlungen seiner Eltern zu beobachten und zu deuten. Und dann wenige Monate später diese gruselige Anmache von Pfarrer

Voigt, die über Ingos Unschuld hereinbrach, damals in der Sakristei, und seine Eltern wollten erst nichts davon wissen. Und später, als sie ihm endlich glaubten (Felicitas hatte den Eltern deutlich machen können, dass ein Vierzehnjähriger sich so etwas nicht ausdenke; ausgerechnet Felicitas!) und dann aber dennoch nichts unternehmen wollten, um nicht ins Gerede zu kommen! Und auch hierbei hatte er nur seine Tante Felicitas gehabt, nächtelange Telefonate, heimlich. Herausgekommen ist es trotzdem, die Ferngespräche waren ja noch so teuer. Aber mit irgendwem hatte er doch reden müssen und seine Verwirrung besprechen, ob denn Gott das so wolle, dass er den Pfarrer gewähren lasse und Felicitas hatte ihm den Rücken gestärkt und die Eltern überzeugt, dass man was unternehmen müsse, allein schon um andere Jungen zu schützen. Ohne ihre Initiative wäre die Information nie an den Bischof gelangt, der dann wiederum zu stundenlangen Gesprächen einlud. Wie bei einem Verhör hatte Ingo sich gefühlt, als sei er der Schuldige. Und spätestens da wurde ihm allmählich klar, dass sein Wunsch, selbst Priester zu werden, ein für alle Mal gestorben war, so wie noch vieles andere in ihm gestorben war. Und vielleicht war es sogar ein Glück gewesen, dass er seinen Eltern seit der Klassenfahrt nicht mehr vertraute, da tat es weniger weh, auch der Kirche nicht mehr zu vertrauen. Und auch das musste er Felicitas hoch anrechnen, denn sogar dabei ließ sie ihn nicht im Stich, schrieb ihm lange Briefe, lud ihn nach Surwold in die Ferien ein und sorgte dafür, dass er gegen den Willen der Eltern, religionsmündig war er ja schon, in die evangelische Kirche wechselte. So hatte er schließlich all den Drecksereignissen zum Trotz Theologie studiert, aber keine Pastorenausbildung gemacht, sondern war letztendlich Personaltrainer und Unternehmensberater geworden.

All diese Gedanken und Erinnerungen wirbeln in Sekundenschnelle durch sein Hirn.

Kaum dass Mike auf dem Boot ist, holt Ingo die Leinen ein. Wind und Tide stehen gerade günstig, da will Ingo keine Zeit mit formellem Palaver verlieren. Mike, der zwar kein eigenes Boot, aber doch auch einen Segelschein besitzt, packt sofort mit an. Auf See gelten andere Regeln als an Land, auch unter zerstrittenen Brüdern. Schnell lassen sie den romantischen Fischerhafen hinter sich und steuern durch den breiten Priel entlang der Pricken Richtung Wattenmeer und Inseln. Bei mäßigem Wind mit ablaufendem Wasser gewinnen sie langsam, aber sicher an Fahrt. Schon bald, nachdem sie die Mole hinter sich haben, können die Segel gesetzt werden, und sie können auf den Außenbordmotor verzichten.

Erst nach einer Viertelstunde wechseln sie die ersten Worte. Vorsichtig tasten sie sich zunächst aneinander heran, fragen nach dem Befinden, der Art der Anreise, nach Neuigkeiten von den Eltern. Aber natürlich dauert es keine weiteren fünf Minuten, – zu sehr brennt es ihnen beiden unter den Nägeln:

„So – und was gibt es nun so Wichtiges zu besprechen?", eröffnet Ingo den Teil des Treffens, vor dem ihm schon die ganze Zeit graust.

Mike ist innerlich vorbereitet. Er weiß genau, dass sein Bruder Widerstand leisten wird. Er will versuchen, ihn über Undines Teilnahme an dem Theaterstück zu gewinnen. Der wird er nichts abschlagen können. Vielleicht hätte er sie doch überreden sollen, Ingo zu informieren, aber sie war ja so skeptisch gewesen, das Thema überhaupt in das Stück einzubauen, da hätte sie sich wahrscheinlich eher von Ingo überzeugen lassen, es bleiben zu lassen. Also muss er selbst es versuchen, und zwar so, dass Ingo, der erfolgreiche Unternehmensberater, nicht auf die Idee kommt, mit formal-juristischen Argumenten zu kommen, soviel ist klar.

Mike holt tief Luft und berichtet von dem Reformations-Stück und den autobiographischen Bezügen der Schauspieler. Und den Themen, die die Moltke-Familie beisteuern wird.

Ingo muss nach Luft schnappen.

„Das ist doch hoffentlich nicht dein Ernst", ist das einzige, was er nach einer langen Pause sagen kann.

„Hey, Ingo, bleib mal cool, was ist denn daran so schlimm?"

„Ich habe dir vieles zugetraut mit deiner Schauspielerei, Mike, wirklich. Aber das, das ist wirklich das Allerletzte. Willst du mein Leben jetzt völlig zerstören?"

Nach dem lähmenden Schock steigert sich jetzt Ingos Entsetzen zu einer unbändigen Wut. Ihm ist klar, dass Mike nicht gekommen ist, um ihn irgendwas zu fragen, sich zu beraten oder auch nur sein Einverständnis zu erbitten. Hier geht es nur um eine Mitteilung von längst beschlossenen Tatsachen.

„Was ihr da vorhabt, ist unmoralisch und ekelhaft."

Mike ist irritiert: „Warum regst du dich denn so auf? Ich hätte nie gedacht, dass du dich so anstellen würdest."

„Das hat mit Anstellen nichts zu tun, nur mit Anstand!", kontert Ingo.

„Hä? Das Luther-Projekt ist eines der anständigsten Projekte, die wir je gemacht haben. Keine anstößigen Gesten, keine hochgehobenen Röcke. Nur tiefernste Auseinandersetzung mit dem Thema Religion. In deiner spießbürgerlichen Moral müsstest du das besonders würdigen. Kein Stück, mit dem wir schocken wollen, Dramenformen sprengen oder so. Nur Aufklärung, Information, Anregung zur Auseinandersetzung mit dem eigenen Leben. Du als alter Sozialidealist müsstest doch genau so was gut finden! Du warst immer derjenige, der die gesellschaftspolitische Relevanz von allem und jedem hinterfragt hat. Und ausgerechnet jetzt willst du dich querstellen? Du bist eifersüchtig, Ingo, weil ich auf deinem Terrain wildere. Der Hedonist, als den du mich immer beschimpfst, kümmert sich plötzlich um gesellschaftliche Zustände. Neid, das ist es, purer Neid! Und ich hatte immer gedacht, du stehst da drüber, als älterer von uns beiden, und ich sei derjenige, der hinter seinem Bruder herhechelt. Und jetzt sehe ich plötzlich: das stimmt gar nicht."

„Nein, Mike!" Ingo nutzt eine kleine Sprechpause, um zu widersprechen. „Es geht nicht um Neid. Ich würde dir deine Erfolge gönnen. Was heißt überhaupt Erfolge? Ich finde, das sind ziemlich zweifelhafte Erfolge, weil ich nicht denke, dass ihr wirklich große Kunst macht. Das sind doch nur Projekte, die euch eine Plattform bieten, die euch das Gefühl geben, interessant zu sein. Solche Kabarettabende machen überall in ganz Deutschland irgendwelche Studienräte, die mit ihrem Job nicht ausgelastet sind und in einem Theaterverein zusammensitzen. Mir scheißegal. Wenn Du glaubst, das erfüllt dich – bitte sehr. Aber das hier, das ist anders. Hier geht's nicht mehr um dich und deine durchgeknallten Freunde. Du erzählst was von unserer Familie, unsere Familiengeschichte." –

„Ey, Ingo, hör mal, du kannst mir nicht erzählen, dass dich das so aufregt, das ist doch Quatsch. Ein Theaterstück, ausgedacht, verfremdet, nenn' es, wie du willst." –

„Nein, das ist es ja eben nicht, ihr arbeitet biografisch. Euer Motto ist, Privates öffentlich zu machen, ihr bringt echtes Leben auf die Bühne. **Damit** macht ihr Werbung, **das** ist euer Ansatz, der euch in die Feuilletons bringt, der euch zumindest in Insider-Kreisen einen bestimmten Ruf sichert." –

„Sag mal, Ingo, hast Du unser Konzept überhaupt verstanden?"

Mit zunehmender Fahrt aufs Meer ist es frischer und bewölkter geworden. Und zu dem Wind kommt jetzt auch noch leichter Nieselregen, der sich in die Kleidung setzt, aber auch in die Haare und auf die Brille. Beiden Männern ist kalt und ungemütlich, aber es ist klar, dass das Gespräch wegen solcher Lappalien nicht unterbrochen werden kann, dazu geht es um zu viel.

Mike fährt fort: „Ingo, du unterstellst mir, ich mache Schmierentheater wie ein unausgelasteter beamteter Lehrer, nur so zur Selbstbefriedigung. Mensch, kapierst du nicht? Bei uns entsteht ein neues Theater, wir revolutionieren die Geschichte des Schauspiels. Wir stellen uns nicht nur auf die Bühne als Hans und Franz, wir entwerfen Wirklichkeit neu – zusammen mit dem Publikum. Und wir **haben** ein Publikum. Die Zeitungen sind voll von Berichten über uns, und wir kriegen Unterstützung von allen möglichen Institutionen und Organisationen – weil die kapieren, dass es sich lohnt; weil die wollen, dass wir die Wirklichkeit zeigen, dass wir das wahre Leben auf die Bühne stellen...“

Mike hat sich in Rage geredet, doziert wieder einmal über seine Berufung als Künstler und hat dabei die Situation völlig aus dem Blick verloren. Er ist gekommen, um mit seinem Bruder ein

Einverständnis zu erzielen, aber davon ist er mit seiner theoretischen Abhandlung inzwischen weit entfernt. „Und deshalb kann ich nicht glauben, dass du ein Stück wirklich verhindern willst, nur weil du offenbar eifersüchtig bist." –

„Eifersüchtig? Wie kommst du denn da nun wieder drauf?" –

„Naja, weil ich zusammen mit Tante Undine arbeite, weil ich da ganz eng an unserer Familie dran bin und natürlich auch mit unseren Eltern plötzlich ganz neue Themen diskutiere, die wir sonst so nie in der Familie besprochen haben. Dieses Theaterstück ist wie ein Katalysator, plötzlich kommen wir uns alle näher. Kein Wunder, dass du dich ausgrenzt fühlst und eifersüchtig bist." –

„Was bist du doch für ein armseliges Luder, scheinheilig bis zum Gehtnichtmehr. Mir ist es doch völlig egal, im Gegenteil: Ich finde es gut, wenn du dich endlich mal auch um die Familiengeschichte kümmerst, aber damit an die Öffentlichkeit zu gehen, das ist doch die Schweinerei. Es geht keinen außerhalb der Familie etwas an, ob Felicitas ins Kloster gegangen ist, weil sie als Mädchen nicht studieren durfte, und ich verstehe auch nicht, warum sie das alles mitmacht. Es ist mir peinlich, wenn unsere Großeltern, bei denen ich als Kind auf dem Schoß gegessen habe, nun aus heutiger Sicht als chauvinistische Spießer dargestellt werden, weil sie vielleicht nicht anders konnten. Es ist mir peinlich, wenn unsere Familie auf ihren Diaspora-Katholizismus im evangelischen Friesland reduziert wird. Es ist mir unangenehm, Tante Edeltrauds Vergewaltigung auf der Bühne breitzutreten." Ingo ringt mit sich, das letzte Argument auch noch auszusprechen. Mike hat es ja schon erwähnt, aber es jetzt selbst zu wiederholen, selbst auszusprechen, erscheint Ingo wie ein Zugeständnis an Mike, mit dem er sich verletzlicher macht, als er sich jemals gefühlt hat. Aber dann gibt er sich einen Ruck und setzt noch hinzu: „Und es ist meine Scham und geht nur mich etwas an, dass Pfarrer Voigt mir damals an die Wäsche gehen wollte."

Nun ist es heraus. Das Erlebnis und die Folgen waren schon schlimm genug und er hat Jahre gebraucht, sich mit den Ereignissen damals, als er

14 Jahre alt war, zu arrangieren. Alle seine Freundschaften, aber auch seine Ehe und sein Verhältnis zu seinen Kindern sind davon beeinflusst. Und bis heute muss er immer wieder mit der Ungerechtigkeit kämpfen, dass der Pfarrer ihn als Ministranten damals bedrängt hat, dass ihm lange keiner glaubte oder besser eigentlich: keiner glauben wollte, weil 's unangenehm war, anstrengend, den netten Pfarrer zu beschuldigen. Die ganze Familie wurde damals schief angesehen, weil die kleine katholische Gemeinde in Wilhelmshaven nichts auf ihren netten Pfarrer kommen lassen wollte, der übrigens auch in evangelischen Kreisen sehr beliebt war, weil er sich sehr für die Ökumene eingesetzt hatte.

Und nun soll das Ganze in aller Öffentlichkeit ausgebreitet werden? Sollen ganz Berlin, München, Hamburg wissen, was damals vorgefallen ist? Muss er den ganzen Leidensweg noch einmal durchmachen? Das kann nicht Mikes Ernst sein.

Aber er täuscht sich:

„Mensch, Ingo, das ist doch genau der Aufreger, der dem Stück die Aktualität und die Brisanz gibt: Der Neffe einer Nonne wird missbraucht. Wie geht die Tante mit solch einer Sauerei um? Was macht sie mit ihrem Katholischsein, wenn in ihrer Kirche solche Dinge passieren? Also genau darauf läuft doch ein Teil der Handlung überhaupt hinaus. Das musst Du schon einsehen, dass wir auf so eine Konstellation nicht verzichten können."

Ingo ist fassungslos. Dieser ganze Scheißdreck, den er durchgemacht hat, soll diesem kleinen fetten Arschloch als spannendes Thema zur Unterhaltung seiner Zuschauer dienen? Für Mikes mittelstands-pseudointellektuelles Publikum? Als Steinbruch für große und kleine Empörungen der Spießer in der gesamten Republik?

Ingo greift den Faden von vorhin wieder auf:

„Du willst mein Leben zerstören – mit deiner Gefallsucht! Das werde ich nicht zulassen. Ich werde verhindern, dass dieses Stück gespielt wird. Ich hetze dir alle Anwälte und Gerichte auf den Hals, dass dir Hören und Sehen vergeht. Schon im Grundgesetz steht, dass die persönliche Ehre geschützt wird und mehr Wert ist als die freie Meinungsäußerung. Ich könnte Dir zig

Gerichtsurteile nennen, in denen schon Bücher und Zeitungsberichte einkassiert worden sind, weil Betroffene sich nicht damit abfinden wollten, zum Gespött der Öffentlichkeit zu werden. Von deinem Künstlertum wird nichts bleiben als Schulden und Schulden und nochmal Schulden für all das Schmerzensgeld, das du mir zahlen wirst. Aber du weißt auch genau: kein Geld der Welt könnte das wieder gutmachen, was du mir da antun willst. Mich vor aller Welt verhöhnen und missbrauchen, in die Öffentlichkeit zerren, was nur mich, vielleicht noch meine Frau angeht. Ich werde nicht mehr aus dem Haus gehen können ohne mich zu schämen. Kannst du vielleicht mal was sagen, du Feigling?"

Mike hat so etwas in der Art erwartet. Zwar hat er eigentlich kein Verständnis für diese Weinerlichkeit und Engstirnigkeit. Aber da Ingo mit juristischen Konsequenzen droht, muss auf seine Befindlichkeit eingegangen werden. Also geht es jetzt vor allem um die Frage, wie viele erkennbare persönliche Anspielungen das Stück denn eigentlich enthält. Mike holt aus einer seiner

Fahrradtaschen einige Aufzeichnungen, in denen die Konzeption des Stücks im Überblick aufgezeichnet ist. Da LiLiTOp ja eher eine Art Improvisationstheater macht, in dem nur die groben Handlungslinien feststehen, gibt es natürlich keine fest notierten, ausformulierten Dialoge, aber dennoch kann Mike Ingo zeigen, an welchen Stellen Szenen aus dem Familienleben der Moltkes verwendet werden sollen. Unterbrochen von gelegentlichen Kreuz-Manövern fuchtelt Mike seinem Bruder mit den Blättern im DinA4-Querformal vor der Nase herum.

„Sieh mal", Mike bemüht sich um einen beruhigenden, gewinnenden Ton, „ich hatte gedacht, dass Du das schon von Undine gehört hättest, dass wir diese Missbrauchs-Diskussion in das Stück eingebaut haben. Ich will keinen Stress. Man könnte das natürlich auch anders aufziehen. Also: Dann verlegen wir die Geschichte mit dem Priester einfach aus unserer Familie in die von Tina, die ist ja im echten Leben eigentlich gar nicht in der Kirche, aber wir machen sie einfach zu einer Katholikin und lassen Tina einfach von ihrem Bruder erzählen, statt dass ich das tue. Damit ist doch dein Urheberrecht nicht mehr berührt, oder siehst du das anders?" Mikes zunächst schmeichelnder Ton prallt an Ingo ab. Für ihn ist klar: Egal, ob sein Name fällt oder ein Pseudonym verwendet wird, egal ob Felicitas von ihrem Neffen auf der Bühne spricht oder ob sie die Aufgabe nun irgendeiner der Schauspieler-Tussis zuschustern, egal, ob Ingo nun damit auf den Szene-Bühnen deutschlandweit als Person genannt wird oder nicht, es geht um mehr: Es geht um die Beziehung zwischen den Brüdern, es geht darum, dass Mike als der intellektuelle Kopf der Aktion nicht das Recht hat, seine, also Ingos Geschichte in irgendeiner Art und Weise zu missbrauchen. Die Verwurstung der schmerzlichen Erfahrungen steht ihm nicht zu, in welchem Gewand auch immer. Ingos Erlebnisse – das ist eine Sache zwischen ihm und seiner Frau, seinem Therapeuten und einigen wenigen Freunden.

Die beiden Brüder haben inzwischen die ostfriesische Inselkette erreicht und fahren aufs offene

Meer hinaus. Aber für die Schönheiten von Spiekeroog und Wangerooge, zwischen denen sie nun gerade hindurch segeln, haben beide im Moment keinen Blick übrig.

„Urheberrecht!", höhnt Ingo, „als ob es nicht tausende von Missbrauchsopfern in der Kirche oder sonstwo gegeben hat! Ich pfeife auf dein Urheberrecht! Du spielst biografisches Theater, dein Name steht auf dem Programmzettel, ebenso der von Felicitas. Die Moltkes werden zur Gaudi deiner Zuschauer." –

„Ingo, es geht nicht um Gaudi, wirklich nicht!", kontert Mike. –

„OK, aber Ihr spielt! Ihr spielt Ereignisse, die nur unsere Familie etwas angehen, weil sie Wunden darstellen, die zu einem großen Teil immer noch nicht verheilt sind, teilweise ja noch nicht einmal behandelt worden sind. Das steht dir nicht zu, diese sensiblen Dinge in die Öffentlichkeit zu zerren. Scheiß drauf, ob man mich als Person erkennt oder nicht. Aber zu wissen, Du begeisterst Abend für Abend ein Publikum mit meinen Schmerzen, das könnte ich nicht ertragen, und ich will es auch nicht ertragen! Macht ein Stück über Missbrauch, in all seinen Facetten. Nutzt eure Bühne um aufzuklären, da habt ihr sofort meinen Segen. Macht ein fiktives Problemstück, veranstaltet Diskussionen, OK, kein Problem. Aber zieht nicht das Leben echter Menschen in die Öffentlichkeit, auch nicht in Teilen, nicht mit unserem Namen, denn das ist nicht zum Aushalten." –

„Ach, Bruderherz", entgegnet Mike kühl, „Du hast da was nicht verstanden. Es geht nicht um dich und dein Leben, sondern um unser Leben. Ich dachte, du wärst intelligent genug, um mein Konzept von LiLiTOp zu verstehen. Wir stellen uns auf die Bühne und erzählen von unserem Leben. Biografisches Theater muss authentisch sein, sonst ist es nur ein Fake, bloße Show. Wenn wir nicht im Stück betroffen sind, sind auch die Zuschauer nicht betroffen, dann kommt nichts rüber, dann ist die Performance ein Nichts." –

„Mike, aber ihr zerrt doch eure Mitmenschen mit auf die Bühne." –

„Ja, Ingo, das ist der Preis für unsere Authentizität! Tut mir Leid, aber das gehört dazu."

Ingo ist entsetzt. Mikes Gefühlskälte kannte er, aber diesen Zynismus kann er trotz aller inneren Wappnung nicht ertragen. Ingo greift nach dem großen Schraubenzieher, der neben ihm auf der Bank liegt und stößt zu. Zwanzig graue Umweltschutzpapier-Blätter flattern in hohem Bogen über Bord und segeln auf die Wasseroberfläche, etliche Seemeilen nördlich der Ostfriesischen Inseln.

25

Montag, 2. Oktober 2011

Kurz nach 18 Uhr klingelt es an der Haustür der Familie Oltmanns in einer Sackgasse am Stadtrand von Esens, der kleinen gemütlichen Stadt nahe der ostfriesischen Küste. Vater Oltmanns öffnet die Tür. Vor ihm steht ein Polizist in Uniform. Oltmanns muss zu ihm aufblicken, denn der Polizist ist mindestens 1, 90 Meter groß. Oltmanns selbst ist auch nicht gerade von kleinem Wuchs und hat von jeher das Gefühl gehasst, zu einem Gesprächspartner aufschauen zu müssen, vor allem zu seinen Schülern, früher während seiner Berufstätigkeit an der örtlichen Theodor-Thomas-Realschule. Noch einmal sieht Oltmanns dem Polizisten ins Gesicht, dann erkennt er ihn:

„Ivo, das ist ja ein Ding. Mein Gott, fast hätte ich dich nicht erkannt. Ivo Onnen! Das muss ja schon Jahre her sein, dass du bei mir im Unterricht gesessen hast. Ich habe ja von deiner Mutter gehört, dass du die Polizeiausbildung machst. Prima. Aber dass du jetzt hier in Esens Dienst tust, ist mir neu." –

„Moin, Herr Oltmanns. Dass Sie mich sofort erkannt haben! Freut mich sehr. Ich war ja immer ganz gern in Ihrem Unterricht, hat man vielleicht nicht gemerkt, aber bei Ihnen war's immer lebendig und man hatte was zum Zuhören. Nicht so viel Gruppenarbeit und Schnickschnack. Ich hab ja nicht immer gut mitgemacht, aber bei Ihnen war ich tausend Mal lieber als bei vielen anderen Ihrer Kollegen!" –

„Mensch, Ivo, also ..., – darf ich eigentlich noch 'Ivo' sagen?" –

„Na sicher." –

„Naja, denn komm man mal rein. Womit kann ich denn dienen?"

Der Polizist zögert, sofort mit seiner Mitteilung herauszuplatzen.

„Nun ja, Herr Oltmanns, eigentlich müsste ich mal Ihre Tochter sprechen. Es geht um ihren Bekannten, Professor Moltke."

Oltmanns ist irritiert, zögert mit einer Antwort. Was will die Polizei von Hanna in Zusammenhang mit diesem Mike? Dieser Typ, der sie jahrelang hingehalten hat! Alle in der Familie waren davon ausgegangen, dass Mike Moltke einmal Hanna heiraten würde, und spätestens seit Mike eine Professorenstelle innehatte, war auch die gesamte Familie davon ausgegangen, dass Hanna nun endlich eine gute Versorgung haben würde, trotz ihrer brotlosen Kunst in der Kindertheaterszene in Berlin. Und jetzt hatte er ihr Hals über Kopf den Laufpass gegeben und sich mit einer Studentin aus Oldenburg eingelassen. Oltmanns muss den aufkommenden Ärger erst einmal runterschlucken, bevor er Ivo Onnen antworten kann.

„Tut mir leid, Ivo, aber Hanna ist nicht hier. Die ist auf Spiekeroog in einer unserer Ferienwohnungen. Braucht mal ein bisschen Auszeit, das Kind. Kann ich was ausrichten?" –

„Nee, Herr Oltmanns, wohl nicht wirklich. Der Professor Moltke ist oder war ja wohl eng mit Ihrer Tochter befreundet, nicht wahr?"

Oltmanns wird etwas unbehaglich. Was auch immer los ist, er weiß nicht, ob er noch weitere Auskünfte geben soll, die Sache klingt mysteriös:

„Was heißt denn 'war'? Ist ihm was passiert? –

„Wissen wir nicht, Herr Oltmanns, mir wurde nur gesagt, die Beziehung des Professors mit Ihrer Tochter existiere nicht mehr. Und nun ist er verschwunden. Wo, bitte, kann ich denn nun Ihre Tochter erreichen?"

Oltmanns muss schnell kalkulieren: Mike ist verschwunden. Die Polizei weiß offenbar, dass sich Hanna und Mike getrennt haben, aber wohl noch nicht, warum. Oltmanns selbst will Hanna nicht durch unbedachte Aussagen in Schwierigkeiten bringen, andererseits würde er auch nie etwas unternehmen, um die Polizei irrezuführen.

„Sowas nannte Aristoteles einen tragischen Konflikt", denkt sich der pensionierte Deutschlehrer. „Ivo, ich rufe Hanna an und sage ihr, dass sie sich bei dir melden soll", versucht Oltmanns, irgendwelche konkreten Festlegungen zu vermeiden.

Aber Ivo hat natürlich seine Vorschriften und verlangt einfach die Adresse der Ferienwohnung, damit sein Kollege Mertens auf Spiekeroog die weiteren Schritte unternehmen kann.

26

Hannas Bericht

Nach den Offenbarungen von Mike war ich so weit, mir einzugestehen, dass es so nicht mehr weitergehen konnte. Ich war nicht mehr arbeitsfähig, sagte alle Probentermine in Berlin ab und fuhr gleich am Freitag vor dem verlängerten Wochenende nach Esens und habe mit meinen Eltern verabredet, dass ich mich mal ganz zurückziehen durfte, in einer unserer Wohnungen auf Spiekeroog; die waren zum Glück noch nicht alle vermietet. Da wollte ich erstmal Abstand gewinnen und wieder zu mir selbst finden. Früher hätte ich wahrscheinlich Trost bei meinen Eltern oder einer guten Freundin gesucht. Aber jetzt brauchte ich keinen Trost, ich brauchte Klarheit für mich. Ich habe lange Spaziergänge am Strand gemacht, saß oft gedankenverloren in der Inselkirche, nahm jeden Nachmittag am täglichen Yoga-Kurs der Inselverwaltung teil und saß bei gutem Wetter stundenlang auf unserem windgeschützten Balkon mit Blick auf das Wattenmeer zwischen Insel und ostfriesischer Küste mit seinem ewig auf- und absteigenden Wasser, dem

braun-grauen Watt bei Niedrigwasser und dem sil-
ber-grauen Meer bei Hochwasser. Wenn die Sonne
sich mal wieder hinter den Wolken versteckte, habe ich
mich in eine Wolldecke gewickelt und dem kühlen
Luftzug getrotzt, so wie ich in Zukunft auch den Un-
bilden des Lebens trotzen wollte; ich nahm mir fest
vor, mich besser zu schützen, vor Schmerzen, die mir
andere zufügen könnten, vor Täuschung und Enttäu-
schung. Unverwundbarer wollte ich werden, und
dazu gehörte auch die Frage, wie ich denn mein Leben
weiter gestalten wollte. Mit dieser Theaterarbeit, ob
als Dramaturgin, gelegentlich Regisseurin oder auch
mal auf der Bühne – das schien mir angesichts der Ereignisse der vergangenen Monate kaum noch erstre-
benswert. Ein Mann hatte mich zurückgestoßen, nun
ja, aber dass mir das die Lust nahm, weiterhin am
Theater zu sein, fand ich schon damals erstaunlich.
Die Kindertheaterstücke und die Musicals für Jugendliche, die ich immer so geliebt hatte, ich konnte
das alles nicht mehr ertragen. Inzwischen habe ich ja
eine Menge weiter an mir gearbeitet, auch mit Ihrer
Hilfe, Frau Doktor, wenn ich regelmäßig hier in Surwold dreimal wöchentlich zu Fuß vom Kloster zu
Ihnen ins Dorf laufe.

Aber schon auf der Insel hatte ich kapiert: Trotz allem sozialkritischen Anspruch ist Theater immer nur Theater und eben nicht das wahre Leben, und es bleibt eben auch immer nur l'art pour l'art, oder noch eher 'l'art pour l'artiste', da sollte man sich nichts vormachen: Die Kunst für den Künstler. Denn letztlich stellt sich jeder Künstler doch nur aus Gefallsucht auf die Bühne, malt ein Bild oder schreibt ein Buch oder ein Lied – alles ist doch immer nur Selbstinszenierung. Und die Leute zahlen auch noch Geld dafür, um die Künstler zu bewundern, an ihre Wahrheiten zu glauben, vielleicht, um von ihnen zu lernen. Aber dann landen sie bei diesen selbstgefälligen, narzisstischen, kaputten Typen und merken es noch nicht mal, und sie kapieren nicht, dass kaum einer, der in der Öffentlichkeit steht, den Menschen wirklich was zu sagen hat. Das sind doch nur eine Handvoll, die einem wirklich etwas geben können, und die wiederum gehen unter in der Menge der Publikumslieblinge, die die breite Masse vergöttert. Meine Großmutter, verfolgte alles, was mit Marlene Dietrichs zu tun hatte, jahrzehntelang; mein Vater sammelte alle Schallplatten und Bücher von Hildegard Knef. Das waren noch Frauen, die Vorbild sein können, die nachgedacht haben und denen ihre Arbeit was bedeutete. Heute reden unsere Praktikanten in der einen Woche über diesen, morgen über den anderen Shooting Star oder Kandidaten einer Casting-Show. Und ganz traurig machen einen die „Berühmtheiten für einen Tag", die Teilnehmer an irgendeiner Mittags-TV-Talkshow – und alle wissen: da hasst einer seinen Schwiegervater. Wow, gut zu wissen! Und vielleicht auch gut, das einmal gesagt zu haben, aber muss es im Fernsehen sein? Und ich? Muss ich dauernd auf der Bühne stehen und Kindern moralinsaure Wahrheiten vorträllern, auch wenn ich selbst durchaus dahinter stehe? Muss jeder Schlagerfuzzi seine Memoiren schreiben? Wer will wissen, wie oft Dieter Bohlen seine Frau geschlagen hat? Muss jeder B-Promi eine Home-Story in der GALA machen? Reicht es nicht, wenn alle seinen schlechten Geschmack in den Sendungen erleben, die er produziert? Tausende solcher Gedanken gingen mir damals durch den Kopf und eigentlich war ich kurz davor, bei der Dorftöpferin von Spiekeroog eine Ausbildung zu beginnen, völlig raus aus dem Showbiz, vielleicht sogar lieber als Serviererin im Hotel Inselfrieden – denn irgendwie war mir selbst Töpfern schon wieder viel zu viel künstlerischer Selbst-Ausdruck.

Aber durch die ganzen Ereignisse kam ich damals gar nicht dazu, irgendwelche Entscheidungen zu treffen, denn am Morgen des Tags der Deutschen Einheit stand dann ja unser Insel-Sheriff vor der Tür. Kommissar Mertens, den kannte ich schon, seit der mal wegen eines Einbruchs in eine unserer Wohnungen ermittelt hatte. Ich habe mich trotzdem ganz schön erschrocken, denn ich dachte als erstes, meinen Eltern könnte etwas passiert sein.

27

Dienstag, 3. Oktober 2011, Tag der deutschen Einheit

„Moin, Fräulein Oltmanns", begrüßt Kommissar Mertens die junge Frau, die ihm die Tür des Ferienapartments öffnet. „Tut mir leid, wenn ich am Feiertag so früh stören muss. Keine Bange, es ist nichts Schlimmes, jedenfalls noch nicht eindeutig, ich meine, vielleicht ist was passiert, vielleicht auch nicht...".

Mertens merkt, dass er so nicht wirklich zur Beruhigung von Hanna Oltmanns beitragen kann, räuspert sich und setzt noch einmal von vorne an: „Fräulein Oltmanns, es geht um einen Bekannten von Ihnen, Professor Moltke."

Hanna seufzt erleichtert. Also nichts mit der Familie, kein Unfall ihrer Mutter, keine zusammengebrochene Leiter, von der ihr Vater gestürzt wäre. All diese Bilder waren zunächst vor ihrem Auge aufgetaucht und konnten nun wieder abgestellt werden, – dennoch nahm sie sich ganz fest vor, ihrem Vater eine neue stabile Leiter zu kaufen, ob er wollte oder nicht, denn die Vorstellung eines Leiterunfalls war angesichts der derzeit in Benutzung befindlichen Leiter gar nicht so abwegig gewesen.

„Wie kann ich Ihnen helfen, Herr Mertens?", fragt Hanna sichtlich entspannt.

„Nun ja, Fräulein Oltmanns, ich weiß gar nicht so richtig, wie ich es Ihnen sagen soll, ... also der Professor Moltke, ich meine, den kennen Sie doch, oder?"

Hanna bejaht die Frage und setzt ein fragendes Gesicht auf.

„Großer Gott, warum krieg auch immer ich diese unangenehmen Jobs?" Hanna kann sich ein Lächeln nicht verkneifen, denn wie viele Ostfriesen spricht er „Jobs" mit deutschem J.

„Na, nun kommen Sie erst einmal rein", lädt Hanna ihn ein, weist ihm einen Platz am Küchentisch zu, wo sie gerade ihr Frühstück begonnen hat. Sie holt eine zweite Tasse aus dem Schrank und schenkt, ohne ihn zu fragen, einen Tee ein, mit Kluntje und Sahnewölkchen, wie es sich gehört. Mertens geht es deshalb aber nicht wirklich besser. Also muss Hanna nachhelfen.

„So, Herr Mertens, nun aber heraus mit der Sprache. Was hat Mike Moltke ausgefressen, was ich nicht schon weiß?" –

„Sehen Sie, da liegt ja gerade das Problem. Fräulein Oltmanns, Sie waren ja wohl, wenn ich so sagen darf, mit dem Professor liiert?" Mertens tritt der Schweiß auf die Stirn. „Der Herr Professor ist gestern vermisst gemeldet worden." Mertens holt sein Notizbuch heraus, dem er die folgenden Informationen entnimmt: „Es ist bekannt, dass Professor Moltke an diesem Wochenende an die Küste gefahren ist. Wir wissen nicht genau, wohin und wie lange er bleiben wollte und ob er irgendwo übernachten wollte, aber er ist am frühen Freitagabend aus Oldenburg abgefahren, mit der Bahn nach Wilhelmshaven. Dort haben wir einen Taxifahrer gefunden, der aussagte, Professor Moltke habe sich nach Esens fahren lassen. Nun, Sie verstehen, dass wir als erstes annehmen müssen, dass er zu Ihnen wollte, also waren wir erst bei Ihren Eltern, und die haben uns gesagt, wo wir Sie finden können." –

„Das heißt also, Mike ist letzten Freitag nach E-sens gekommen. Heute ist Dienstag. Was hat er denn seitdem hier gemacht? Wer hat ihn denn überhaupt vermisst gemeldet?" –

„Nun, wenn ich die Kollegen in Oldenburg rich-tig verstanden habe, dann haben sich wohl die Mitbewohner in seiner Wohngemeinschaft bei der Polizei gemeldet, aber die kennen es wohl nicht anders, als dass der Professor auch mal ohne Abmeldung spontan ein paar Tage nicht zu Hause ist. Aber gemerkt, dass etwas nicht stimmt, haben gestern wohl einige Freunde aus einer Theaterspielschar oder so. Kennen Sie die? Is' wohl so was wie hier auf der Insel die Spööldeel, denk ich, und da findet demnächst eine Vorführung statt, und der Professor kam gestern nicht zu den Proben, die am Montag und am heutigen Feiertag stattfinden sollten – so, und das ist wohl ungewöhnlich für ihn, und dann haben die seine Mitbewohner gefragt, wo er steckt, und die haben seine Eltern in Wil-helmshaven angerufen, und als die auch nichts wussten, da hat man uns alarmiert." –

„OK, danke, Herr Mertins, dass Sie mich informiert haben, aber um ehrlich zu sein, meine Beziehung zu Mike Moltke ist vielleicht nicht so intensiv wie Sie denken."

Nun wird es Mertens wirklich ungemütlich zumute. „Fräulein Oltmanns, also, ich weiß, dass Sie nicht mehr mit dem Professor zusammen sind, und das ist auch der Grund, warum wir hier zusammen sitzen. Sehen Sie, ein Mann ist verschwunden, der jede Menge Termine abzuleisten hat, der beruflich recht erfolgreich ist und seinen Job wohl nicht ungern macht. Verstehen Sie, Hanna", Mertens kann es sich nicht verkneifen, die junge Frau ihm gegenüber nun mit dem Vornamen anzureden, „wir müssen in Erwägung ziehen, dass Professor Moltke etwas zugestoßen ist. Vielleicht auch etwas Unnatürliches. Also, um nicht lange um den heißen Brei herumzureden: Bitte machen Sie mir eine vollständige Auflistung aller Ihrer Tätigkeiten der letzten drei Tage. Wo Sie waren, was Sie an Dingen unternommen haben und vor allem: wer das jeweils alles bezeugen kann." Hanna ist entsetzt. „Aber Herr Mertens, wozu das alles?" –

Mertens antwortet widerwillig: „Ich sage das nicht gerne, Hanna, aber die WG in Oldenburg hat ausgesagt, dass Professor Moltke Ihre Beziehung wohl dadurch belastet hat, dass er Ihre Schwangerschaft nicht unterstützt hat. Der ist am selben Tag wie Sie von Oldenburg nach E-sens gefahren, und nu' is' er weg. Hanna, in den Augen der Polizei hätten Sie ein Motiv sich darüber zu freuen, wenn dem Professor etwas zugestoßen sein sollte."

28

Hannas Bericht

Nachdem der Spiekerooger Dorfpolizist wieder gegangen war, er sagte, es bestehe nur ein erster Verdacht, kein dringender Tatverdacht, und er wähne bei mir wohl auch keine Fluchtgefahr, da war ich erst mal ziemlich durcheinander. Mein erster Impuls war, mich bei Rune auszuheulen und ich war schon drum und dran, zu ihm nach Oldenburg zu fahren, aber Mertens hatte mir ja nun gerade abgeraten, die Insel zu verlassen, um mich nicht noch weiter verdächtig zu machen. Und was sollte ich schließlich auch in Oldenburg, wo hätte ich wohnen sollen, wenn nicht in Mikes WG? Da hätte ich in diesem Augenblick ja nun überhaupt nicht hingepasst. Von mir aus schon nicht, und wenn die WG der Polizei sogar schon was von möglichen Rachegelüsten meinerseits erzählt hatte, dann konnte ich das ohnehin völlig vergessen. Rune hätte mich bestimmt unterbringen können, aber der stellte sich immer so umständlich an, und auf irgendwelche Kompliziertheiten konnte ich jetzt auch gut verzichten.

Darüber hinaus ließ mir aber auch die Idee, hier ginge es vielleicht um Rachepläne, keine Ruhe. Ich kriegte sofort bei dem Gedanken ein schlechtes Gewissen, aber gleichzeitig konnte ich die Idee nicht ganz verdrängen: Mike hatte Runes Lebenswerk zerstört. Auch wenn ich im Sommersemester nicht viel Zeit gehabt hatte, so hatte ich aber doch mitgekriegt, wie schlecht es Rune gegangen war, nachdem ihm die Philologische Fakultät die Leitung der Theaterabteilung entzogen hatte. Ich erinnere mich noch an den einen Abend im Café des 'Neuen Theaters' am Ende der Fußgängerzone. Rune war ein gebrochener Mann, nur die vielen Leute um uns herum hatten verhindert, dass er nicht laut herumgeschluchzt hatte.

Ich kam mir vor wie ein Schwein, wie ein Verräter an einem der besten Freunde, die ich je gehabt hatte, auch wenn Rune ja mindestens eine Generation älter war als ich. Aber trotz aller Dankbarkeit und trotz aller Zuneigung konnte ich den Gedanken nicht loswerden: Was wäre, wenn Rune Mike aus dem Weg räumen wollte? Wenn er darin den einzigen Weg gesehen hätte, wieder mit der der Theaterabteilung betraut zu werden? Oder wenn er sich, falls eh nichts mehr zu ändern wäre, wenigstens revanchieren wollte für das Unrecht, dass Mike ihm angetan hatte?

Es stellte sich dann heraus, dass ich nicht die einzige gewesen war, die auf solche Gedanken gekommen war. Ich habe mich nämlich überwunden, Rune anzurufen, und als ich Rune von meinem Polizistenbesuch erzählte, erwiderte er nur, auch er habe schon Besuch von der Polizei gehabt. Den Tipp hatte die wohl vom Dekanat oder, wer weiß, von irgendeinem von Mikes Kollegen oder Mitarbeitern gekriegt. Mir ist wirklich ein Stein vom Herzen gefallen. Schuldig oder nicht – wenigstens musste nicht ich es sein, die der Polizei diesen Verdacht steckte, der ja nicht gänzlich auszuschließen war.

Zu meinem Erstaunen war Rune die Ruhe selbst. Er fand das Ganze offenbar eher belustigend, sagte, er freue sich, falls Mike irgendwas passiert sein sollte und er sich nicht mal die Hände schmutzig machen musste. Ich sagte noch, ich könnte seine Wut auf Mike gut verstehen, nach all dem, was passiert war, und man müsse ja gar nicht gleich an Mord, Totschlag, Zerstückelung oder sonstwas denken. Ich könne es verstehen, – ich weiß gar nicht, warum ich das sagte; wahrscheinlich, weil ich insgeheim doch dachte, Rune habe seine Finger im Spiel, und ich wollte ihm wohl mein Verständnis, meine Freundschaft, meine Solida-

rität ausdrücken. Also ich sagte so etwas in der Richtung wie 'Mike mal seine Grenzen aufzeigen', 'ihm deutlich machen, wie sich Verletztheit anfühlt' und so, 'mal erschrecken, erpressen, einschüchtern'. Und dann sagte Rune ganz ruhig, so dass mir die Spucke wegblieb, er habe ernsthaft darüber nachgedacht, sich einen Typen vermitteln zu lassen, der gegen Geld Leute tötet. Er kenne da jemanden in der Oldenburger Kneipenszene, das koste nur knapp 3000 Euro und das wäre es ihm wert gewesen. Aber leider sei ihm ja nun offenbar jemand zuvorgekommen.

Und etwas höhnisch setzte Rune dann noch hinzu, spätestens durch die Befragung durch die Polizei sei es ja nun deutlich geworden, dass wirklich Mike hinter der Sache mit dem Rauswurf steckte. Das hatte ihm bislang keiner explizit gesagt. Rune war zwar von der Dekanin selbst einbestellt worden, sie hatte ihm die Publikation in dem Nazi-Verlag vorgeworfen, aber nur sehr vorsichtig zwischen den Zeilen durchblicken lassen, dass Mike eine Art Beschwerde verfasst habe. Rune sagte, im Institut pfiffen es alle Spatzen von den Dächern, aber Mike selbst habe sich wohl mit keinem Wort und keiner Geste ihm gegenüber geäußert.

Und nun hielt offenbar das Dekanat Rune für fähig, Mike aus Rache aus dem Weg geräumt zu haben. Das war eigentlich ein starkes Stück. Aber wohl weniger abwegig als mir lieb war.

29

Dienstag, 3. Oktober, Tag der deutschen Einheit

Im Schieferweg steckt um 22 Uhr die Hälfte aller Bewohner die Köpfe aus den Fenstern, denn vor der Hausnummer 3 hält ein Streifenwagen der Polizei. Zwar ohne Blaulicht und Tatütata, aber dennoch bekommen es die meisten der studentischen Bewohner mit. Die anderen Nachbarn, die Ur-Oldenburger, schlafen bereits, wenngleich es viele von ihnen sicher auch brennend interessiert hätte, was sich da jetzt vollzieht.

Zwei Polizeibeamte in Uniform klingeln an der Haustür, der Türöffner summt nach einiger zeitlicher Verzögerung, und die Beamten betreten das Haus. In welche Wohnung die beiden sich nun begeben, bekommen natürlich nur die anderen Mietparteien mit: Es ist die Wohngemeinschaft von Mike und seinen Mitbewohnern. Auch hier öffnet sich jetzt die Tür, die Beamten treten ein, sie werden von dem etwas verschlafenen Bernd empfangen. Bernd bittet sie in die Wohnküche und bietet ihnen zunächst Stühle und dann einen Kaffee an, schon allein, weil er selbst jetzt einen braucht. Um 19 Uhr hat er sich hingelegt, weil er um Mitternacht auf Sendung muss. Ein Stündchen hätte er schon gerne noch gedöst, damit er die Nacht durchsteht. Aber wenn Polizisten am eigenen Küchentisch sitzen und man noch nicht genau weiß, warum die gekommen sind, dann hält man sich besser mit Kritik am Zeitpunkt des Besuchs zurück.

Nachdem die Beamten Platz genommen haben, sich der Personalien Bernds vergewissert haben, rücken sie mit ihrem Anliegen heraus: „Herr Nowak, tut mir leid, wenn wir Sie jetzt aufgeschreckt haben, wir hätten Sie gerne einfach nur angerufen, aber ehrlich gesagt, wir haben keinen Telefonbucheintrag gefunden.".

Bernd nickt zustimmend: „Tja, manchmal wäre das ganz angenehm, aber einer unserer Mitbewohner, eigentlich der Hauptmieter dieser Wohnung, Professor Moltke, will keinen Eintrag. Schutz der Privatsphäre, sagt er immer." –

„Um genau den geht es auch, Herr Nowak. Wegen dem sind wir hier, also wegen dem Professor. Wie Sie wissen, hat man Professor Moltke als vermisst gemeldet. Ihre Mitbewohner ..., äh, ... möglicherweise waren Sie ja selbst an der Vermisstenanzeige beteiligt. Nun haben wir gerade einen Anruf von der Polizei in Esens bekommen, also, wenn ich das richtig verstanden habe, dann sind die familiären Verhältnisse nicht ganz eindeutig geklärt. Es gab eine Lebenspartnerin, aber die Beziehung scheint zerbrochen, dann gibt es eine neue Geliebte, aber die beiden sind nicht offiziell liiert, Sie als Wohngemeinschaft scheinen noch am ehesten das private Umfeld darzustellen, an das man sich wenden kann. Ich würde Sie bitten, ein paar Vorbereitungen zu treffen. Man hat Professor Moltke gefunden ...!"

30

Freitag, 13. Oktober 2011

Am Freitag, den 13. Oktober, sendet der Nordwestdeutsche Rundfunk aus dem Regionalstudio Oldenburg im Vorabendprogramm die folgende Talk-Show mit dem bekannten Moderator Hubertus Schalck-Schönemeyer:

Schalck-Schönemeyer:

Schwester Felicitas, zunächst einmal mein aufrichtiges Mitempfinden. Ihre Neffen Ingo und Michael haben offenbar gemeinsam einen Segelunfall erlitten. Ingo Moltke, ein bekannter Unternehmensberater, war vor einigen Jahren auch schon selbst in dieser Sendung zu Gast. Er wird nun seit über einer Woche vermisst. Da ist es wohl auch nur ein geringer Trost – oder, wie soll ich sagen? Also, (räuspert sich) sein Bruder ist von der Wasserschutzpolizei bewusstlos auf dem Segelboot vor der westfriesischen Küste gefunden worden. Er ist zumindest in Insiderkreisen kein Unbekannter, der Germanistikprofessor Dr. Michael Moltke mit seiner eher alternativen Theatertruppe LiLiTOp. Herzlichen Dank, dass Sie sich zu uns ins Studio aufgemacht haben, um heute hier mit mir über Ihre Familienangehörigen zu reden. Zunächst die Frage: Gibt es neue Erkenntnisse von Seiten der Polizei, die Sie uns aktuell mitteilen können?

Schwester Felicitas (leise):

Guten Abend, Herr Schönemeyer. Sie können sich vorstellen, dass ich Ihrer Einladung mit gemischten Gefühlen gefolgt bin. Die Angehörigen, also die Eltern und Ingos Ehefrau, haben mich gebeten, öffentlich im Namen unserer Familie Stellung zu nehmen, ich bin ja als Tante der beiden etwas weniger involviert, aber Sie können sich denken, dass auch mir das Ganze sehr nahegeht. Natürlich ist das alles durch die Presse und die Fernsehnachrichten gegangen und überall hängen Vermisstenmeldungen von Ingo in öffentlichen Gebäuden aus, und natürlich gehen Gerüchte um, Vermutungen, vor allem aber steht die Familie meines Bruders unter ständiger Beobachtung durch die Presse. Fotografen und Kameraleute belagern die Häuser und Wohnungen, um die Tränen der Kinder für ein Foto zu erhaschen. (Sie schluckt.) Das geht über das hinaus, was normale Menschen in solch einer Situation ertragen können, und deshalb möchte ich heute auf diesem Wege alle Reporter und Medienredaktionen bitten, die Belagerungen einzustellen. Von mir und meinem Orden will ich gar nicht reden. Aber weder mein Bruder noch meine angeheiratete Nichte und schon gar nicht deren Kinder können etwas für die dramatischen Vorkommnisse, die sich offenbar in der Familie abgespielt haben – man weiß noch gar nicht genau, was im Einzelnen los ist – ... war. Verzeihen Sie, Sie sehen, ... (Felicitas ringt sichtlich um Fassung).

Schalck-Schönemeyer:

Nur zu verständlich, Schwester. Ich denke, es soll heute dieser Sendung in einem öffentlich-rechtlichen Sender auch nicht so sehr um sensationsjournalistische Fragestellungen gehen, wenngleich natürlich auch unsere Fernsehzuschauer ein nicht geringes Interesse an der Aufklärung der Familientragödie haben. Ich denke, auch im Namen meiner Redaktion kann ich sagen: Die Verfolgung und Hetzjagd, die die Familie Moltke durchmachen muss, ist zu verurteilen. (Applaus des Publikums)

Schwester Felicitas:

Ja, sehen Sie, in der Tat, ich weiß nicht genau, was es eigentlich die Öffentlichkeit angeht, wenn eine Familie in derartige Bedrängnis geraten.

Schalck-Schönemeyer:

Nun, Schwester, so sehr ich Ihnen beipflichte, wenn es um den Umgang mit Ihrer Familie geht, so sehr muss ich Ihnen andererseits widersprechen, wenn es um die Information als solche geht. Ihre beiden Neffen waren, äh, Entschuldigung, sie sind Persönlichkeiten des öffentlichen Lebens, zumindest in bestimmten Kreisen bekannt, und da ist es ja nun in der Tat von Interesse…

Schwester Felicitas:

Es befriedigt eine gewisse Neugierde, wollten Sie sagen.

Schalck-Schönemeyer:

Nun machen Sie mal das öffentlich-rechtliche Publikum nicht schlechter als es ist, liebe Schwester.

Schwester Felicitas:

Habe ich nicht vor, ich habe nur Ihre Wortwahl ein wenig realistischer übersetzen wollen. Denn mal ehrlich: Warum ist eine persönliche Familientragödie von Interesse für die Zuschauerinnen und Zuschauer vor den Bildschirmen, die die einzelnen Beteiligten gar nicht persönlich kennen?

Schalck-Schönemeyer:

Nun ja, ich sagte schon, Ihre Neffen sind keine gänzlich Unbekannten. Und selbst Sie, Schwester, mit Verlaub, haben ja einst Fernsehgeschichte geschrieben.

Schwester Felicitas:

Ach, jetzt kommen Sie mir wohl wieder mit der ersten Nonne in einer Samstagabend-Show. Das ist so lange her, das weiß doch keiner Ihrer Zuschauer mehr.

Schalck-Schönemeyer:

Nun, sollte das bei einigen wenigen unserer Zuschauer tatsächlich der Fall sein, und das mag natürlich vor allem für die jüngeren unter Ihnen gelten, hier ein kleiner Ausschnitt aus der Show „Allein gegen Rudi" vom September 1984! (Ausschnitte aus Spielen und Gesprächen des damaligen TV-Lieblings Rudi van Veen und Schwester Felicitas in verschiedenen Ratesituationen und schließlich bei der Übergabe des Gewinn-Schecks werden eingespielt). Nun Schwester, spätestens jetzt werden sich viele Zuschauer daran erinnern. Beim Fernsehen geht nichts verloren. By the way, wir werden später in dieser Sendung auch noch einmal das Gespräch Ihres Neffen hier bei uns in der Talkshow senden, in der er sich sehr deutlich für eine personalisierte Unternehmensführung ausgesprochen hat ... Ich möchte an dieser Stelle aber unseren nächsten Gast begrüßen, Dr. Nikolaus Masten, Experte für Medien und Publizistik und Leiter des Instituts für Kommunikation und Gesellschaft in Hildesheim. Herzlich willkommen, Herr Masten.

Dr. Masten:

Danke, Herr Schalck-Schönemeyer. Zunächst einmal hoffe ich natürlich sehr, dass Ingo Moltke bald lebend gefunden wird. Ich erinnere mich noch genau an seinen Auftritt. Sein Lieblingsthema waren damals die Werbespots im Fernsehen, in denen die Besitzer oder Vorstände von Firmen auftraten, um für Ihre Produkte zu werben. Onkel Dittmanns Orangensaft und Herrn Dortobens schonendes Kaffeeröstverfahren oder

der Schauspieler, der sich als Zahnarzt und Ent-
wickler von Zahnbürsten Marke Dr. Besser aus-
gab. Ihr Neffe, verehrte Schwester, war der Meinung, das persönliche Eintreten für ein Produkt
verbessere dessen Image um ein Vielfaches, weil
die Öffentlichkeit Orientierung und Persönlich-
keitsbezug sucht. Und da dürfen Sie sich dann
nicht wundern, wenn das Publikum ein Recht
auf Information über die Persönlichkeiten des öffentlichen Lebens einfordert, auf welche Ebene
diese Bekanntheit auch immer anzusiedeln ist.
Ihr Neffe selbst hat es schon gewusst.

Schwester Felicitas:

Lieber Dr. Masten, Onkel Dittmann oder irgend-
ein Unternehmensberater, der einmal im Regionalfernsehen aufgetreten ist, das ist doch ein Un-
terschied wie Tag und Nacht.

Schalck-Schönemeyer:

Herr Masten, wir haben Sie heute eingeladen,
weil ein Dokumentarfilm in den Kinos große
Aufmerksamkeit erreicht hat: Es ist ein Film über

den Missbrauch von Kindern in Institutionen, die sich lange Zeit als Eliteschulen Deutschlands bezeichneten. Salem, Odenwaldschule und so weiter. In diesem Film outen sich viele ehemalige Schüler als Missbrauchsopfer ihrer Erzieher und Lehrer. Das war in den 70er und 80er Jahren, und lange Zeit sprach kein Mensch darüber, und wenn, dann glaubte man den Schülern nicht. Und nun treten die als Erwachsene in einem Film auf und sprechen über die Vorkommnisse. Was denken Sie, ist der Grund dafür, dass Menschen über derart intime Situationen öffentlich sprechen?

Dr. Masten:

Sprechen hat heilende Wirkung. Vor allem wenn es in verständnisvoller Atmosphäre geschieht, nicht nur von Sensationsgier geprägt, wie wir es eben im Fall der Familie Moltke hörten. Sehen Sie, 'sich öffnen' und 'veröffentlichen' sind zwei ganz nah miteinander verwandte Begriffe. Die Frage ist vor allem: In welchem Raum, in welchem Rahmen wird ein Mensch verleitet, sich zu öffnen und damit auch von schamvollen Momenten zu erzählen? Hier hatten wir es mit einer unglaublichen Ehrlichkeit und Authentizität vor laufender Kamera zu tun. Was das mit den Interviewten selbst macht, werden wir vielleicht erst in einigen Jahren erfahren können. Aber ich sage Ihnen eines: Seit der Film angelaufen ist, melden sich zahlreiche Betroffene bei den Beratungsstellen, bei Psychotherapeuten und bei der Polizei, weil sie sich ermuntert fühlen, ebenfalls über ihr eigenes Leiden zu sprechen.

Schalck-Schönemeyer:

Schwester Felicitas, nicht nur in den Schulen, auch in Ihrer Institution gibt es Vorwürfe wegen Missbrauchs. Wie stehen Sie persönlich zu der Aufarbeitung dieser Thematik, die ja der Kirche großen Schaden zufügt?

Schwester Felicitas:

Nun ja, den Schaden haben ja wohl zunächst die Pfarrer und Diakone den Kindern zugefügt. Die

Aufarbeitung zu kritisieren, hieße ja wohl die Zusammenhänge völlig zu verkennen.

Schalck-Schönemeyer:

Ja, natürlich. Der Film ist übrigens in der letzten Woche in den Kinos angelaufen und wird in einigen Wochen als DVD in den Läden angeboten werden. Versprechen Sie, Herr Masten, sich einen Sinn von einer derartigen Verkaufs-DVD?

Dr. Masten:

Nun, ich denke, es ist sinnvoll, einen solchen Film verfügbar zu halten. Tausende haben im Stillen unter den Ereignissen lange gelitten. Viele sind froh, dass es einen Film gibt, der für die vielen Stummen eine Sprache findet. Das gilt übrigens nicht nur in diesem Bereich, sondern in allen Fällen traumatischer Erfahrungen: Vergewaltigung, Mobbing, Demütigungen. Gute Erfahrungen hat man auch bei der Behandlung von Kindersoldaten gemacht.

Schwester Felicitas ist bei diesem Thema sehr zurückhaltend und still geworden. Fast ist es, als ob sie sich wünsche, nicht weiter ins Gespräch gezogen zu werden. Und in der Tat hat sie Angst, das Thema Missbrauch in der katholischen Kirche könne für diese Sendung auch noch persönlicher recherchiert worden sein ...

31

Mittwoch, 11. Oktober 2011

Mike hat den ganzen Tag für Recherchen in der Karl-Jaspers-Universitäts-Bibliothek am Rande des Stadtbezirks von Oldenburg verbracht. Die Tage auf dem Boot haben ihn nicht nur physisch und psychisch belastet, sie haben ihn natürlich auch zeitlich völlig durcheinandergebracht. Nach den zwei Tagen, die er im Krankenhaus Sanderbusch bei Wilhelmshaven zum Aufpäppeln und zur Beobachtung verbrachte, hat er darauf gedrungen, möglichst schnell wieder nach Hause entlassen zu werden. Letztlich ist er gegen ärztlichen Rat schon vor dem Wochenende zurück nach Oldenburg gefahren, um sich um die Proben, vor allem um Ersatztermine für die ausgefallenen Probentage zu kümmern. Dann hat er gestern seine erste Vorlesung in diesem Semester gehalten und muss nun eben auch die weiteren Vorlesungen noch ausfeilen, – den Anspruch hat er denn doch, auch wenn sein wissenschaftlicher

Ruf nicht mit einem Vortrag vor der Oldenburger Studentenschaft steht oder fällt. Jetzt ist er zufrieden mit seinen Funden in der Sekundärliteratur zu Thomas Mann und dessen Verhältnis zu seinem Sohn Klaus. Eine Geschichte der Erniedrigung und Demütigung: Nicht nur, dass sich Thomas Mann in seinem Werk – besonders in der Novelle „Unordnung und frühes Leid" – kaum verschlüsselt über seinen Sohn mokiert, was Klaus dazu brachte, die Geschichte als „Novellenverbrechen" zu bezeichnen, sondern auch die bereits zu Lebzeiten veröffentlichten Tagebücher Thomas Manns enthalten seitenlang Passagen, in denen der Meister seinen Sohn als Nichtskönner darstellt und dessen schriftstellerische Werke mit einem Federstrich abqualifiziert. Kein Wunder, dass Klaus Mann Rettung seiner persönlichen Ehre vor dem Vater nur im Selbstmord sah.

Als Mike, in Gedanken schon wieder einen Tag weiter, nämlich bei den morgigen Proben zu „Luthers Thesen", in seine Wohnung zurückkehrt, quillt der Briefkasten über. Keiner aus der Wohngemeinschaft hat es für nötig befunden, die Post hoch zu holen. Mike blättert die Sendungen durch: Neben einigen Bücherrechnungen und jeder Menge Werbung, die er trotz einem Aufkleber auf dem Briefkasten immer wieder erhält, fällt ihm der Brief eines Rechtsanwalts besonders ins Auge. Hastig reißt er ihn auf und überfliegt die Zeilen. Dieses Juristendeutsch ist ihm als Germanisten natürlich einerseits stilistisch zutiefst zuwider, andererseits hat er schon von jeher eine Hochachtung vor der Präzision der Wortwahl und der Eindeutigkeit der Aussage gehabt, die sich aber leider nur dem erschließt, der sich auf die Wort- und Satzungetüme einlässt und die Zusammenhänge nicht nur inhaltlicher, sondern auch und vor allem syntaktischer Art entwirrt. „Verdammter Mist!", flucht Mike vor sich hin. „Auch das noch." Allem Anschein nach hat Ingos Frau einen Anwalt beauftragt, eine einstweilige Verfügung gegen die Aufführung des Stücks zu erwirken. Ob Undine was damit zu tun hat? Oder dieser Pastor? Das muss unbedingt umgehend aus dem Weg geräumt werden. In knapp drei Wochen ist Uraufführung in Berlin. Wenn die ausfällt, gibt es einen unglaublichen Eklat. Das kann er sich nicht erlauben. Sonst scheut er keine Provokation, keine juristischen Gratwanderungen, im Gegenteil: Oft haben die seinen Stücken eine wünschenswerte Aufmerksamkeit verschafft. Aber dies hier ist brisant, weil jedes Aufschieben der Premiere Kosten verursacht, die unabsehbar sind. Und so gut verdienen Professoren nun auch wieder nicht, und seine Rechtsschutzversicherung übernähme sicherlich die Prozesskosten, aber die Ausfallkosten für die gebuchten Bühnen und alle weiteren damit zusammenhängenden anfallenden Unkosten nimmt ihm keine Versicherung ab, nicht einmal die Haftpflicht, wenn denn der Anwalt sich durchsetzen sollte.

„Verflucht!", stößt Mike noch einmal hervor. „Dann war alles umsonst."

32

Montag, 30. Oktober 2011

Hauptkommissar Haio Behrends vom Kommissariat IV, brütet über dem Bericht der Spurensicherung.

Fast vier Wochen ist es her, dass man den vermissten Professor gefunden hat, allein auf dem Segelboot seines Bruders in der Nähe von Schiermonnigkoog auf dem Wasser treibend. Die Kollegen der niederländischen Wasserschutzpolizei haben ihren Bericht nach Esens gefaxt, und der enthält auch das Protokoll der Vernehmung von Mike Moltke. Zunächst hatte man die Polizei in Oldenburg informiert, die dann zuständigkeitshalber – die beiden Brüder Moltke waren ja von Neuharlingersiel aus aufgebrochen – den Fall an die Esenser Polizei weitergeleitet hatte. Nach einigen Untersuchungen im Krankenhaus in Groningen war Mike Moltke im Verlaufe des Tages ins Krankenhaus Sanderbusch gebracht worden, das er gegen ärztlichen Rat nach zwei Tagen verlassen hatte. Leider sind weder die Oldenburger

Kollegen noch die Esenser oder Spiekerooger wesentlich weitergekommen. Auch von dem Bruder gibt es noch immer keine Spur. Dabei sitzen die Medien der Polizei total im Nacken, ständig gieren sie nach neuen Informationen und setzen die Polizei durch ihre spekulativen Schlagzeilen unter Druck, endlich Ergebnisse zu veröffentlichen.

Als neulich die Tante von Mike Moltke, eine Ordensschwester aus dem Emsland, sogar in einer Talkshow aufgetreten ist, hat sie damit die Neugierde auf die Familientragödie besonders angefacht.

Interessanterweise waren sofort nach dem Verschwinden des Professors Gerüchte aufgetaucht, er müsse einem Verbrechen zum Opfer gefallen sein. Ingo Moltke war da noch nicht vermisst worden, weil er sich zu einem mehrtägigen Segeltörn abgemeldet hatte.

Zunächst hatten sich die Untersuchungen bezüglich des Professors unmittelbar nach der Vermisstenmeldung auf einen jungen Studenten in Oldenburg konzentriert, der ein besonders dringendes Motiv hatte, Mike Moltke aus dem Weg zu räumen: Moltke hatte ihm offenbar die Freundin ausgespannt, sie erwartete sogar ein Kind von ihm, und da lag die Vermutung nahe, dieser junge Mann, Ole Saathoff, könnte versucht haben, sich zu rächen; aber schon bald war bekannt geworden, dass Moltke an die Nordseeküste gefahren war, während die Oldenburger Wohngemeinschaft des jungen Mannes ihm ein im (im Nachhinein) doppelten Wortsinn hieb- und stichfestes Alibi verschaffen konnte. Danach war die ehemalige Lebensgefährtin Hanna Oltmanns ins Visier der Ermittlungsbeamten geraten, weil sie aufgrund irgendwelcher Beziehungsprobleme ebenfalls ein Motiv gehabt haben könnte, und die stammte ja nun von der Nordsee. Aber auch dieser Verdacht war schnell ausgeräumt worden. Lange hatten sich die Ermittler mit dem Schwedisch-Dozenten der Oldenburger Uni beschäftigt. Dessen Verhältnis zu Professor Moltke und seine Rolle in diesem ganzen Beziehungs-Chaos waren immer noch nicht vollständig geklärt. Und nicht ganz klar war auch die Rolle der Tante des Verschwundenen: zunächst hieß es, sie sei in eine aktuelle Theaterproduktion des Professors involviert und wolle möglicherweise Familienstreitigkeiten unter den Teppich kehren, aber dann war sie sehr offensiv in dieser Sache im Regionalfernsehen aufgetreten. Alle diese Verdächtigungen und unklaren Zusammenhänge hatten sich jedoch mit dem Auffinden des Verschwundenen vorerst erledigt.

Aber was war mit Ingo Moltke? Behrends geht den Bericht der niederländischen Kollegen zum dritten Mal durch und versucht sich ein Bild von den Vorgängen zu machen. Die Untersuchungsergebnisse passen mit den Aussagen des Professors zusammen. Der Schraubenzieher, mit dem Professor Moltke an der Brust verletzt worden war, trug die Fingerabdrücke des Bruders; das sprach dafür, dass Ingo versucht haben musste, den Professor zu erstechen. Der hatte ausgesagt, es sei am Samstag gegen Mittag zu einer Eskalation eines Familienstreits gekommen, es habe ein Kampf auf dem Boot stattgefunden, in dessen Verlauf Ingo ihn über Bord werfen wollte, Mike habe sich aber wehren können, dann habe Ingo ihn mit einem Kinnhaken k.o. geschlagen und schließlich sei er, Professor Moltke, an den Mastbaum gefesselt wieder zu Bewusstsein gekommen. Der Streit sei weitergegangen, und Ingo habe völlig die Kontrolle über sich verloren und sei in seiner Wut mit dem Schraubenzieher auf ihn losgegangen, wobei er ihn links unterhalb des Brustbeins getroffen hatte. Sicher habe er ihn ins Herz stechen wollen, aber eben aufgrund des Wellengangs nicht ordentlich getroffen. Durch die Verletzung sei Ingo dann doch zur Besinnung gekommen, habe Mike aber nicht von den Fesseln befreit, sondern ihm gedroht, ihn verdursten, verhungern und erfrieren zu lassen, zu foltern, auf alle möglichen Arten und Weise zu malträtieren. Da sei es auch keine wirkliche Erleichterung für ihn gewesen, als sein Bruder durch das unglückliche Umschlagen des nicht ordentlich festgezurrten Segelbaums getroffen worden und bewusstlos über die Reling gefallen sei. Und natürlich habe der gefesselte Professor seinen Bruder nicht retten können. Das klang alles nachvollziehbar und passte auch zu Mike Moltkes Vermutung, dass Ingo seinen Bruder überhaupt nur auf diesen Segeltörn eingeladen hatte, um ihn zu töten.

Dennoch blieben Fragen und Unklarheiten: Warum zum Beispiel hatten die beiden Brüder überhaupt die Segel eingeholt? Es machte keinen Sinn, sich bei den recht guten Windverhältnissen derart manövrierunfähig zu machen. Beide Moltke-Brüder waren gute, erfahrene Segler. Warum sollten sie, Streit und Kampf hin oder her, auf die Segel verzichten? Weshalb sollte Ingo Moltke mit seinem gefesselten Bruder auf dem Meer herumtreiben wollen? Und was war mit Ingo Moltke geschehen, nachdem er über Bord gegangen war. Lebte er noch? Wahrscheinlich nicht, sonst hätte er sich ja wohl längst gemeldet. Aber würde er – tot oder lebendig – zur Aufklärung des Falls beitragen können?

Zu denken gibt Behrends auch der Bericht des Arztes. Professor Moltkes Aussage nach hatte er drei Tage lang an den Mast gebunden gesessen, bevor ihn die anderen Freizeitskipper gefunden hätten, die auf einem Törn entlang der Westfriesischen Inseln ein paar Seemeilen vor Schiermonnigkoog das treibende, herrenlos wirkende Boot ausmachten. Leider ließ sich nicht rekonstruieren, wie die Fesselung ausgesehen hatte, denn natürlich hatten die anderen Segler nicht auf derlei geachtet und nur die Fesseln gelöst, um den völlig ausgedürsteten Professor zu befreien. Aber die Art seiner Hautabschürfungen sprach nach Ansicht des Arztes gegen einen derart langen Zeitraum. Am gravierendsten scheint Behrends die Mitteilung des Arztes bezüglich der Stichverletzung. Diese Verletzung von Professor Moltke, die ihm mit dem Schraubenzieher von seinem Bruder zugefügt worden sein soll, kann, da ist sich der Mediziner sicher, nicht entstanden sein, als Mike Moltke gefesselt am Mastbaum gesessen hat. Die Fingerabdrücke auf dem blutverschmierten Schraubenzieher stammten von Ingo, nun gut, aber es war ja schließlich auch sein Werkzeug auf seinem Boot – das gab als Beweis wenig her. Warum erzählte Mike Moltke offensichtlich nicht die volle Wahrheit?

Behrends ist schon kurz davor, die Unterlagen zusammenzupacken, um sich seinen anderen Fällen zu widmen und die morgige Besprechung mit den Kollegen abzuwarten, in der Hoffnung, dass sich dadurch neue Ideen und Erkenntnisse ergeben, als das Telefon klingelt. Ingo Moltke ist gefunden worden.

„Schon gestern früh – und das erfahre ich erst jetzt?", ereifert er sich. Da rettet den Kollegen am anderen Ende der Leitung auch der Hinweis auf das geringe Personal am Sonntag nicht.

33

Mikes Vorlesung – Dienstag, 31.10.2011, 18.15
Uhr

„Meine sehr verehrten Damen und Herren,

in der heutigen Vorlesung geht es nach der Dis-
kussion um Autoren des 20. Jahrhunderts um
einen zeitgenössischen Schriftsteller. Maxim
Biller, 1960 in Prag in eine russisch-jüdischen
Familie geboren, ist Ihnen sicher bekannt als
Schriftsteller und Kolumnist großer deutscher
Zeitungen und Magazine wie ‚Spiegel', ‚Die
Zeit' und ‚Tempo'. Für Biller befinden wir uns
seit den 80er Jahren in einer neuen Epoche der
Literaturgeschichte nach der Nachkriegslitera-
tur mit der Gruppe 47 und der Postmoderne.
Biller nennt diese unsere Epoche ‚Ich-Zeit',
und die sei gekennzeichnet durch das extreme
Ineinandergreifen von Werk und Leben des
Autors und stehe im Zeichen eines äußerst
empfindsamen, öffentlichkeitsbewussten und
narzisstischen Ich-Erzählers. Dazu hat Biller

gerade neulich einen bemerkenswerten Aufsatz in der Frankfurter Allgemeinen Sonntagszeitung veröffentlicht. Grund genug für uns, uns einen seiner aufsehenerregenden Romane näher anzusehen.

2003 veröffentlichte der Kiepenheuer&Witsch-Verlag Billers Roman ,Esra', ein Werk mit zahlreichen autobiographischen Bezügen. Über diesen Fall finden Sie unterschiedlichste Kommentare im Internet, auch bei WIKIPEDIA unter dem Stichwort ,Maxim Biller', wobei, wenn Sie mir diese private Bemerkung erlauben, die Einträge dort nicht immer sehr zuverlässig sind. Ich versuche schon seit Jahren den Artikel über meine eigene Person zu reklamieren, weil der meine Theaterarbeit nicht in ausreichendem Maße neben meiner wissenschaftlichen Arbeit zur Darstellung bringt, aber bislang war ich nicht sehr erfolgreich, weil offenbar die zuständigen 'Redakteure' meinen Hinweisen nicht hinreichend nachgehen und den Text nicht entsprechend bearbeiten. Und bei WIKIPEDIA kann ja fast jeder schreiben, was er will. Aber das nur am Rande.

Zurück zu Biller. Einige Tausend Exemplare des neuen Romans waren bereits ausgeliefert, da bemerkte eine junge Frau, eine ehemalige Geliebte des Autors, dass sie sich in der Titelfigur des Romans wiedererkenne. Biller schildert in der Tat intime Einzelheiten über den Ich-Erzähler und seine Partnerin Esra. Zu allem Überfluss fand auch die Mutter dieser Ex-Geliebten Parallelen zwischen ihrer Person und einer weiteren Figur, der egozentrischen alkoholkranken Lale – so heißt die im Buch. Beide Frauen riefen die Gerichte an und erreichten tatsächlich eine einstweilige Verfügung, das heißt, der Verlag durfte den Roman erst einmal nicht weiter verbreiten. Das Landgericht München bestätigte, dass die Persönlichkeitsrechte der Frauen verletzt würden, der Bundesgerichtshof verwarf 2005 die Revision, die der Verlag angestrengt hatte, der ging daraufhin zum Bundesverfassungsgericht, und der bestätigte 2007 im Wesentlichen die Entscheidung des BGH. Somit darf das Buch weiterhin nicht erscheinen. Und daraufhin begann eine neue Prozessiererei, denn die die Vorbilder von Esra und Lale forderten nun auch noch Schadensersatz und Schmerzensgeld, und das Landgericht

München gestand den beiden 50.000 Euro zu – dieses Urteil wurde aber später wieder aufgehoben.

Maxim Billers Roman ‚Esra' bleibt verboten. Meine Damen und Herren, in unserer Mediengesellschaft unter einer auf Bürgerrechte ausgerichteten Regierung mit einer linksliberalen Justizministerin scheint sich alles um die Freiheit der Person zu drehen, aber ich frage Sie: Wo bleibt die Freiheit der Kunst? Das Urteil ist, so schrieb ein Blogger im Internet, eine Affenschande.

Es bedeutet eine tiefe Verunsicherung unserer Künstler und Kulturschaffenden. Verstehen Sie die Auswirkungen einer solchen Entscheidung? Wir haben es bei Billers Roman mit einem Kunstwerk zu tun, nicht mit einem Sachbuch, einem Tatsachenbericht. Die Kunst hat ihre eigenen Gesetze. Kunst will gestalten und ausdrücken, nicht darstellen, im besten Fall erschüttern und aufrütteln, nicht bloß informieren. Wenn die Gerichte dies nicht berücksichtigen, verfallen wir einem Kulturverlust ungeahnten Ausmaßes.

Lassen Sie mich abschließend noch einmal auf Klaus Mann zurückkommen, den wir in einer der vorigen Vorlesungen behandelt haben. In seinem Schlüsselroman ‚Mephisto' gestaltet er das Leben eines Theaterregisseurs und Intendanten und seine Karriere in der Nazi-Zeit und danach. Der Roman war lange verboten, weil er das Leben des großen Gustaf Gründgens zum Vorbild hatte. Erst 1971 wurde der Roman zur Veröffentlichung freigegeben und das Bundesverfassungsgericht argumentierte folgendermaßen: ‚Spannungen zwischen dem [...] Individuum und dem künstlerischen Anliegen gehören zum festen Bestandteil der Literatur.' Und dann, meine Damen und Herren, sagt das Gericht, Wirkung und Wert der Dichtung beruhten auf ihrem Rang als Kunstwerk, ‚nicht auf der Einkleidung biographischer Erlebnisse.' Das, meine Damen und Herren, war eine mutige und richtige Entscheidung für die Freiheit der Kunst.

Ich gehe noch einen Schritt weiter: Der kleinbürgerliche Wunsch nach dem Schutz einer privaten Intimsphäre verhindert geradezu große Kunst. Meine Damen und Herren, was gibt es denn auch zu schützen bei einem durchschnittlichen Leben in einer durchschnittlichen deutschen Stadt. Wer unter Ihnen ist so vermessen, sein Leben als etwas Besonderes zu bezeichnen, als dass es nicht geradezu eine Krönung des Lebens darstellte, wenn es wenigstens der Kunst als Steinbruch für eine Erzählung, ein Theaterstück, meinetwegen auch für ein Drehbuch dienen dürfte? Wie Sie wissen, arbeite ich in der Performance-Gruppe LiLiTOp. Morgen haben wir übrigens Premiere in Berlin mit einem neuen Stück. Auch wir arbeiten uns an unseren Biographien ab, wir stellen uns zur Schau, wir dienen dem Großen und Ganzen der Weiterentwicklung der Kunst. Und wir fordern Freiheit, unbegrenzte Freiheit der Kunst. Und dabei kommen dann natürlich auch unsere Familien und Freunde vor. Stellen Sie sich mal vor, es gäbe da einen, der sich bei jeder kleinen Anspielung auf den Schlips getreten fühlte.

Lesen Sie das mal nach bei meiner sehr geschätzten Kollegin Marieanne Hildesheimer, die das großartig darstellt in ihrer Habilitationsschrift „Selbst-Inszenierung als Form künstlerischen Ausdrucks in der zeitgenössischen Kunst". Ich sage Ihnen: Sich selbst in ausgewählten Teilen, thematisch bezogen, zu offenbaren, das gehört zur Gegenwartskunst. Es ist auch klar, dass biographisches Theater (oder allgemeiner: autobiografische Verfahren in der Kunst) aus der Sicht der Angehörigen unerwünschte und beschämende Äußerungen beinhalten können. Dagegen aus vorgeblich moralischen Gründen zu protestieren oder gar rechtlich einzuschreiten, stellt einen grundsätzlichen Eingriff in ein Kunstwerk dar. Das ist kategorisch abzulehnen. Guten Abend."

34

Dienstag, 31.10.2011, 19.45 Uhr

Unter den Zuhörern von Professor Mike Moltkes Vorlesung befinden diesmal neben den Deutschstudentinnen und -studenten und Honoratiorenehefrauen auch drei Polizeibeamte: Haio Behrends hat noch seine beiden Kollegen, die Kommissarin Elke Freese und den Oberkommissar Hinrich Waalkes mitgebracht, letzterer weitläufig verwandt mit einem berühmten ostfriesischen Komiker; er ist auch schon ein paarmal um ein Autogramm gebeten worden, was er aber stets ablehnt. Weder kann noch will er Autogrammkarten seines Großcousins besorgen - oder gar eigene Autogramme geben - weshalb auch?

Die drei Beamten gehören unterschiedlichen Polizeirevieren an: Behrends kommt aus Esens, Freese und Waalkes aus Oldenburg. Zwei Tage haben die polizeilichen Untersuchungen seit

Auffinden der Leiche von Ingo Moltke noch gedauert, bevor alle Hinweise, Indizien und mögliche Beweise überprüft und bewertet waren. Nun ist der Fall klar. Die drei Kriminalbeamten hatten sich hier auf dem Universitätsgelände verabredet, vor dem Vorlesungsgebäude sind mehrere Bereitschaftspolizisten postiert, für den Fall der Fälle.

Während die Zuhörer noch applaudierend auf ihre Klapptische klopfen, raunt Waalkes seiner Kollegin zu: „Früher gab's am Reformationstag immer schulfrei, da waren bestimmt auch keine Vorlesungen, oder?"

Mike Moltke sammelt die Seiten seines Vorlesungsskripts zusammen, legt sie in eine Mappe, diese schiebt er vorsichtig in eine Aktentasche, die gerade groß genug ist für diese Mappe, ein paar Stifte und zwei Bücher, aus denen Moltke zitiert hat (das verbotene Biller-Buch ist auch darunter, sein ganzer Stolz, denn es handelt sich um ein signiertes Exemplar, das Moltke bei einer gemeinsamen Podiumsdiskussion kurz nach Erscheinen des Bandes direkt vom Autor höchstpersönlich bekommen hat). Sorgfältig verschließt er die Aktentasche, während er noch, ein bisschen gequält und dennoch mit sichtlicher Genugtuung, auf Fragen einiger älterer Damen eingeht und mit einigen Studenten Termine für eine Sprechstunde abmacht, doch in Gedanken ist er schon in Berlin, wo die anderen bereits alles für die morgige Premiere vorbereiten.

Aus einer der hinteren Reihen erheben sich nun die drei Polizeibeamten, schreiten den mittleren Treppenaufgang zum Podium hinunter und versammeln sich vor dem Rednerpult, wo der technische Assistent der Universität Laptop und Beamer ausschaltet und im eingebauten Gerätefach verschließt.

Behrends spricht ihn an: „Professor Moltke?" –

„Ja, bitte? Verzeihen Sie, aber ich habe es schrecklich eilig, ich bin auf dem Sprung zum Bahnhof, meine Theatergruppe probt in Berlin, wir stehen kurz vor einer Premiere und haben noch jede Menge zu tun. Kenne ich Sie? Haben wir einen Termin?"

Nun übernimmt Waalkes das Gespräch.

„Hauptkommissar Waalkes, Mordkommission Oldenburg. Herr Professor, wir möchten Sie bitten, ohne Aufsehen mit uns mitzukommen. Wir verhaften Sie wegen des dringenden Verdachts ...".

Moltke wird bleich. Seine Knie werden weich, fast scheint er ein wenig in sich zusammenzusacken, Elke Freese macht bereits Anstalten, ihn zu stützen.

„Bitte", bringt Mike nur unter Mühe heraus, „bitte kein Wort mehr. Lassen Sie uns sprechen, wo wir unbeobachtet sind."

‚Schade um den schönen Auftritt vor all den Zuhörern', denkt Waalkes, aber natürlich fügen sich die Polizisten der Bitte. Der kleine Hörsaal nebenan ist frei, hierher begeben sich die vier. Moltke nimmt in der ersten Reihe auf einem der Klappsessel ohne Schreibpult Platz, die drei Polizisten bauen sich vor ihm auf – wegen der Fluchtgefahr.

„Was soll das?", stößt Moltke nun hervor. Er hat sich während der paar Schritte von einem Hörsaal zum anderen ein wenig von der Überraschung erholt und neue Kraft getankt.

„Ich sagte schon, Herr Moltke", Frau Freese hat keinen besonderen Bezug zu akademischen Titeln, „wir verhaften Sie wegen des dringenden Verdachts, Ihren Bruder Ingo vermutlich am Wochenende um den 1. Oktober herum ermordet zu haben."

Mike ringt sich ein höhnisches Lachen ab.

„Meine verehrte Dame", langsam gewinnt er auch wieder die Gewalt über seine Stimme und kann mit Tonhöhe und Stimmfärbung spielen, „das müssen Sie mir mal erklären, wie ich das gemacht haben soll. Sie wissen doch hoffentlich aus Ihren Polizeiberichten, und schlimmstenfalls hätten Sie es der Presse entnehmen können, dass ich während des verlängerten Wochenendes über den Tag der Deutschen Einheit auf einem Segelboot war, in der Tat mit meinem Bruder, aber auch gefesselt am Mast, unfähig, mich zu bewegen, ohne Essen und Trinken, völlig geschwächt durch Kälte und Nässe, von meinem

eigenen Bruder gefoltert, der mir den Tod ange-
droht hat, – ich weiß nicht, ob er das tatsächlich
durchgeführt hätte! Nur einem grausamen, aber
für mich glücklichen Zufall verdanke ich möglicherweise, dass ich noch lebe. Wenn nicht der
Querbaum meinen Bruder über Bord geschleu-
dert hätte … . Und da wagen Sie es, …" – „Moment, Herr Professor, hier ist jetzt nicht die Zeit
zu pathetischem Deklamieren. Es gibt Beweise,
dass Ihre Aussage über den Tathergang falsch
ist. Sie können die Aussage verweigern, einen
Anwalt anrufen, das ganze Programm, aber wir
nehmen Sie jetzt mit aufs Kommissariat, und es
liegt nur an Ihnen, ob wir jetzt draußen im Foyer
einen ganz großen Auftritt machen, oder ob Sie
unauffällig mitkommen."

'Komisch', denkt Waalkes, 'die Freese hatte offenbar dieselbe Idee.'

„Sagen Sie mir erst, was Sie auf den Gedanken
bringt, meine Aussage könnte nicht stimmen."
Moltke schwankt zwischen Hoffnung und
Angst. Hier nun übernimmt Behrends: „Herr
Professor, Sie haben behauptet, Ihr Bruder Ingo
habe Sie am 30. September gefesselt und drei

Tage am Mast sitzen lassen. Die Untersuchung Ihrer Wunde hat ergeben, dass die Stichverletzung eher im Laufe eines Kampfes entstanden sein muss, nicht aber, während Sie bereits auf dem Boden saßen. Dann heißt es im Bericht der niederländischen Ärzte, die Abschürfungen an Ihren Handgelenken rührten nicht von einer dreitägigen Fesselung, höchstens von ein paar Stunden, bevor Sie gefunden wurden. Sie gaben an, drei Tage ohne Segel auf der Nordsee getrieben zu sein. Es gibt Einträge in den Logbüchern mehrerer Containerschiffe, die die 'Sielnixe' in der fraglichen Zeit hinter den Ostfriesischen Inseln Richtung Holland mit vollen Segeln gesichtet haben. Und nun ist Ihr Bruder gefunden worden, Professor, Ihr Bruder, den Sie mit Hilfe des Ankers versucht haben, in der Tiefe der Nordsee zu versenken, das Seil war noch um seine Brust geschlungen und er hatte eine klaffende Wunde am Hinterkopf, die nicht vom Querbaum des Segels stammt. Herr Moltke, Sie hatten einen Streit mit Ihrem Bruder, in dessen Verlauf er Ihnen mit einem Schraubenzieher eine Verletzung zugefügt hat. Daraufhin haben Sie Ihren Bruder erschlagen, und zwar vermutlich mit einer grünen

Schnapsflasche. Sie haben ihn an den Anker gebunden, ihn über Bord geworfen, sind dann Richtung Westfriesische Inseln gesegelt, möglichst weit draußen und haben am Dienstag in aller Frühe in der Nähe von Schiermonnigkoog die Segel eingeholt, dümpelten mit der Flut Richtung Insel, weil Sie sich nach drei durchaus tapfer durchgestandenen Tagen endlich finden lassen wollten, drei Tage, in denen Sie offenbar nur wenig getrunken und nichts gegessen haben, um Ihre vermeintliche Folter zu beweisen. Sie haben sich selbst an den Mast gebunden – meine Hochachtung, Sie haben das Knotenbinden aus Ihrer Segelscheinprüfung nicht verlernt. So fand man Sie, und zunächst wirkte Ihre Geschichte ganz plausibel, wenn auch nicht alles ganz wasserdicht war – verzeihen Sie das Wortspiel –, denn eines ist klar: Vielleicht sind Sie nicht mit der Absicht aufs Boot gegangen, Ihren Bruder zu töten, aber als Ingo Moltke ausgerastet ist und Sie verletzt hat, da kam Ihnen ganz spontan die Idee dazu. Leider kann man dann nicht mehr alles hundertprozentig planen und vorbereiten, das hat uns misstrauisch gemacht." –

„Ach ja, das sind schöne Theorien. Aber können Sie damit auch einen Staatsanwalt überzeugen?"

Hauptkommissar Waalkes antwortet: „Haben wir schon, Professor, haben wir schon, sonst hätten wir ja keinen Haftbefehl."

„Die größte Schwäche an Ihrer Geschichte war übrigens zu behaupten, Ingo sei noch drei Tage mit Ihnen an Bord geblieben und erst vor den Westfriesischen Inseln über Bord gegangen. Wir haben ein Gutachten vom Hydrographischen Institut in Hamburg angefordert, und aus dem ergibt sich eindeutig, dass Ihr Bruder von dem von Ihnen angegebenen Zeitpunkt bis zum Auffinden seiner Leiche niemals sozusagen von allein von Schiermonnigkoog nach Spiekeroog hätte treiben können. Die Tide und ihre Strömung hätten das so nie zugelassen. Nein, Professor, Ihr Bruder lag fast vier drei Wochen auf dem Meeresgrund hinter Spiekeroog und kam dann hoch und an Land. Denn Sie konnten zwar in aller Ruhe die Knoten Ihrer Fessel zurechtmachen, aber beim Verknoten Ihres Bruders haben Sie gepatzt. Glassplitter im Schädel Ihres Bruders und ein paar Splitter auf dem Boot stammen von

Doornkaat-Flaschen, die ja eine besondere Form haben. Vermutlich stammen sie von ein und derselben Flasche, das wird noch untersucht. Und natürlich haben die Gerichtsmediziner auch die Dauer des Verweilens Ihres Bruders im Wasser nachweisen können. Soll kein schöner Anblick gewesen sein."

Mike stöhnt auf. Ein Fluch kommt über seine Lippen. Dann brüllt er: „Ich bin unschuldig, ich habe in Notwehr gehandelt. Mein Bruder wollte mich umbringen ...".

„Darüber entscheiden Staatsanwalt und Gerichte. Erst mal kommen Sie bitte mit. Sie verbringen die nächsten Wochen in Untersuchungshaft." Mike protestiert. „Ich habe morgen Premiere meines Stückes."

Und dann wird Mike Moltke doch noch wild, will wegrennen, läuft gegen die Tür, Elke Freese braucht nur ein paar Schritte und einen gezielten Griff, um ihn fluchtunfähig zu machen. Auf dem Weg zum Polizeiauto gibt es jetzt mit wüsten Beschimpfungen und wilden Verrenkungen einen recht bemerkenswerten Auftritt des Professors, dem aber nicht mehr viele Zuschauer beiwohnen, weil der Universitäts-Campus in dieser Jahreszeit um halb neun abends nicht mehr sehr belebt ist.

35

Hannas Bericht

Seit vier Wochen bin ich nun schon hier in Surwold. Die Zeit vergeht langsam, nur im Rückblick vergeht sie wie im Flug. Felicitas sorgt gut für mich, nicht nur was meine Unterkunft und Verpflegung angeht. Da ich diesen Bericht auf Band spreche, für Sie, Frau Doktor, kann ich nicht abschalten von den Ereignissen, keinen Abstand gewinnen, auch wenn ich nur jeden Tag ein paar Minuten meine Erinnerungen diktiere. Die Zeitungen waren anfangs voll von Berichten über die Untersuchungen der Polizei, das hat mir Schwester Felicitas erzählt, denn Zeitunglesen haben Sie mir ja erst einmal verboten. Inzwischen hat sich das beruhigt. Felicitas hat immer Zeit für mich, wenn ich sie zum Reden brauche. Mike hat geschrieben, irgendwie hat er rausgekriegt, wo ich bin, vielleicht hat er meine Eltern so lange genervt, bis sie es ihm verraten haben. Er schreibt, alles tue ihm so leid, aber er habe doch eine Verantwortung für die Kunst und letztlich auch für seine Theatergruppe. Er selbst habe ja seine Einkünfte als Professor, aber die anderen, die lebten doch alle davon, und so hätte er das Stück doch niemals aufgeben können, um seiner Leute willen. Deshalb habe er mit seinem Bruder das Treffen verabredet, damit der dem Stück zustimmte. Er fürchtete sich wohl vor eventuellen juristischen Schritten.

Sein Brief erinnert mich an manches Gespräch mit ihm, wenn er völlig abtauchte in seine künstlerische Berufung, wenn er geradezu ins Predigen kam, ins Missionieren.

Es sieht aber nicht gut aus für Mike. Zwar hat man ihm keine lange geplante Tötungsabsicht unterstellt, aber ob sie ihm die Notwehr-Nummer abnehmen, ist nicht abzusehen. Inzwischen gibt es eine Unterschriftenaktion zur Verteidigung von Mike. Für die Freiheit der Kunst und der Künstler. Die fordern Mikes Entlassung, damit er weiter arbeiten kann. Über 100 Leute aus allen Bereichen der Kultur haben unterschrieben, darunter so berühmte Leute wie Günter Heu, Herbert Hinternbaum, Elfriede Janutschek und Fanny Finger.

Ich glaube, Mike ist kein schlechter Mensch, aber völlig beziehungsunfähig, egozentrisch und auch irgendwie kaputt. Wie weit er wohl unter anderen Umständen gegangen wäre? Wenn die beiden nicht auf dem

Boot, sondern am Telefon gestritten hätten? Wäre er dann auch über Leichen gegangen?

Unsere Theatergruppe, jetzt sag ich immer noch 'unsere', also Mikes Theatergruppe hat neulich ein Interview im Radio gegeben, Felicitas hat es heimlich für mich auf Kassette aufgenommen. Als Tina gefragt wurde, ob es in dem Luther-Stück auch um persönliche Beziehungen gegangen sei, sagte Tina, es sei neben Glaubenssachen schon auch um Familienbeziehungen gegangen, zum Beispiel die Frage, ob andere Geschwister mehr geliebt wurden. Aber dann fügte sie hinzu: „Wir haben nicht so viel darüber gesprochen. Das war keine Therapie." Da musste ich lange an Ingo denken. Es ist zum Heulen.

Aus folgenden Veröffentlichungen wurden Zitate, Hinweise oder Anregungen verwendet:

Maxim Biller: Unsere literarische Epoche Ichzeit. Frankfurter Allgemeine Sonntagszeitung vom 01. Oktober 2011.

Dietmar Grieser: Sie haben wirklich gelebt. Wien / München 2001, Seite 12 (Zitat) und die Kapitel zu Theodor Fontane, Klaus Mann und Anton Wildgans

Wolfgang Frühwald: Eine Kindheit in München. Die Familie Mann und das Genre der Inflationsliteratur. In: Andreas Kablitz und Ulrich Schulz-Buschhaus (Hg.): Literarhistorische Begegnungen. Festschrift für Bernhard König. Tübingen 1993, S. 43 ff

Ulrich Greiner: Leseverführer. München 2005

Martin Luther: 95 Thesen.

Börries von Münchhausen: Der Todspieler (Ballade)

Interview mit Christoph Röhl: Die im Stillen leiden. Ein Dokumentarfilm soll Missbrauchsopfern helfen. in DIE ZEIT 13 / 2012, Seite 71

Gesche Tebben: Keiner kümmert sich mehr um 'Effi Briest'. Braunschweiger Zeitung vom 22.08.1998.

Wikipedia.de

Anke Willers: Ich bin eine Suchmaschine. München 2008

Zeitfracht Medien GmbH
Ferdinand-Jühlke-Straße 7
99095 Erfurt, Deutschland
produktsicherheit@kolibri360.de